精品文学书系

世界讽刺微型小说佳作选

李超 主编

时代出版传媒股份有限公司
安徽文艺出版社

图书在版编目（CIP）数据

世界讽刺微型小说佳作选 / 李超主编. — 合肥：安徽文艺出版社，2012.2（2024.1 重印）
（时代馆书系·精品文学书系）
ISBN 978-7-5396-3920-8

Ⅰ. ①世… Ⅱ. ①李… Ⅲ. ①小小说—小说集—世界 Ⅳ. ①I14

中国版本图书馆 CIP 数据核字(2011)第 216678 号

世界讽刺微型小说佳作选

SHIJIE FENGCI WEIXING XIAOSHUO JIAZUOXUAN

出 版 人：朱寒冬
责任编辑：刘姗姗　　装帧设计：三棵树　文艺

出版发行：安徽文艺出版社　www.awpub.com
地　　址：合肥市翡翠路 1118 号　邮政编码：230071
营 销 部：(0551)3533889
印　　制：唐山富达印务有限公司　电话：（022)69381830

开本：700×1000　1/16　印张：9.25　字数：147 千字
版次：2012 年 2 月第 1 版
印次：2024 年 1 月第 2 次印刷
定价：48.00 元

前　言

讽刺是一种人性，讽刺是一种境界。讽刺让人幽默，讽刺给人深刻。生活需要讽刺，讽刺升华生活。讽刺给你诙谐的笑，讽刺让你会心地乐。

讽刺与幽默，两者实颇相似，就像一母生的两个同胞兄弟……幽默是温厚的、甘和的，讽刺是尖锐的，辛辣的，而在各自的范围里，又都有从一度到一百八十度的温差。幽默增几分、过些量、出点格，经常就变成了讽刺，而讽刺往往总要有幽默这个因素，似乎缺了幽默这个要素，就很难产生讽刺，正像火柴头上没有那一点磷，就很难擦出火花。

为使读者能够更好地领悟讽刺小说那独特的艺术魅力，本书精选了世界各国多位作家的一百多篇讽刺小说的佳作汇编成书，以飨读者。其中既有诺贝尔文学奖获得者，又有被尊为伟大的世界讽刺大师。可以说是向读者展示了一座琳琅满目、美不胜收的经典的世界幽默讽刺小说宝库。

编　者

目　录

我是一只实验室老鼠

［美国］亨特·佩雷特

还记得那个外出吃饭是放松、是享受的时光吗？那时，有人为你做饭、为你端饭，你走后还会为你清理桌子。可惜啊，现在这一切都过去了，今天当你再去饭馆吃饭时，你仿佛就像那些为得到一块奶酪而必须穿过道道迷宫的实验室老鼠。

那次我一进饭馆的门，侍者就迎了上来："晚上好。要张坐四个人的桌子？"

"是的，谢谢。"

"在吸烟区还是无烟区就座？"

"无烟区。"

"你喜欢在室内还是喜欢在室外呢？"

"我想室内好一些。"

"你想坐在大厅里，还是单间，还是我们那可爱的能享受阳光的地方？""嗯，让我想想……""我可以在能享受阳光、能看到外边景色的地方找个桌子。""那好。"我跟他来到那里。"现在，你是想要可俯瞰高尔夫球场的，还是可眺望湖上落日的，还是要看远山树色的？"

"随你便吧。"我说，也让你给我做个决定吧。

他让我坐下，我也不知道窗外到底是什么景色，因为天已经完全黑了。

然后，一个更年轻漂亮，穿着也更好的侍者又走了上来，他说："我叫保罗，将是你这顿饭的侍者。你都订什么菜呢？"

"用不着订什么，你只要给我端来小牛肉和烤土豆就行了。"

"要汤还是要沙拉？"

"沙拉。"

"我们有混合的青菜沙拉，还有几种别的，你要哪一种？"

"就给我青菜沙拉吧。"

"用什么拌呢?"

"随你的便吧。"

他又给我说了好几种拌沙拉的配料，我说随便一种吧。这时我已烦透了他的虚假客套。"你的烤土豆呢?"

我一听就知道他又要问什么，就说："我只要烤土豆，什么也不带的烤土豆。"

"不要黄油也不要酸奶酪?"

"不要。"

"也不要细香葱?"

"不要！你懂不懂英语？我什么浇汁也不要，你只要给我拿烤土豆和烤小牛排就行了。"我喊了起来。

"那你是要哪一种牛排呢？四盎司、八盎司或十二盎司的?"

"随便。"

"什么火候的，嫩的、半嫩不嫩的、老的，还是半老不老的?"

我气急了，说："我真想到外边教训教训你。"

"太好了，你想在哪儿打，停车场、胡同，还是饭店前的大街上?"

"就在这儿!"说着我一拳打了过去，他一低头躲过，随后一个左钩拳打在了我的眼上。这是这个晚上他第一次没再让我挑选。我半昏半迷地瘫在了椅子上。迷蒙中听到有人赶来了，正训斥保罗。过了一会儿，我完全清醒了，发现饭店经理正在向我赔罪，他还提议给我买一杯饮料。我说一杯水就行了。他又问我："那你是要进口矿泉水呢，还是带柠檬的苏打水?"

离别赠礼

[美国] 弗·达尔

一个初秋的夜晚，一钩弯月挂在峡谷上空，清风徐来，夜色迷人。十一岁的彼得没心思张望那明净的月牙，也没感觉到凉爽的阵阵秋风吹进厨房。他一个劲地想着放在厨房桌子上的那床红黑相间的毛毯。

那毛毯是爸爸送给爷爷的礼物——一份离别赠礼。大家都说爷爷要离开老家了。正因如此，他们都把那份礼物称作“离别”。

彼得真不相信爸爸会把爷爷送走，但现在　　那儿明摆着爸爸早上才买回的离别赠礼……今晚，就是他和爷爷相处在一起的最后一个晚上了。

晚饭后爷孙俩一起收拾餐具，爸爸出去了，是和那个将要和他结婚的女人一起出去的。他不会很快就回来。洗好了碗碟，一老一少走出门外，在月光下坐了下来。

“我去拿我的口琴来，”爷爷说，“让我吹几个古老的曲子给你听。”但是，他从房里拿出的不是口琴，而是那床毛毯。这是一床双层的大毛毯。

“啊，这毯子真好！”老人把毛毯放在膝上，一边抚摸着，一边说，“你爸真是个好人，送我老头一床这么好的毛毯！这可要花不少钱啊。瞧！这里面的羊毛要值好多钱哩。寒冬就快到了，有这床毯子就不怕冷了。在那个地方是找不到这么漂亮的毛毯的。”

爷爷总是那样说话。他总想把事情说得轻轻松松，像是根本没那么一回事。每当他们一提到“离别”，爷爷就说那是他自己的主意。但你想一想，一个孤老头子离开温暖的家和亲人，到那幢楼房——那个政府办的养老的地方　　去和许多别的老人生活在一起能算是享福吗？彼得怎么也不相信爸爸会做出这种事情来，直到今晚看到他把毛毯带回家才相信。

“嗯，不错，这毯子是很漂亮。”彼得心不在焉地说道。他站起来，走进房去。他不是爱哭的人，再说这么大的孩子也不能再哭了。他是来取爷爷的口琴的。

当老人伸手接口琴时，毛毯滑到地下。这是他们爷孙俩待在一起的最后一个晚上了，谁都不愿开口说话。爷爷吹了几个音符，然后说：“你会记住这个时刻的。”

弯弯的月儿高高地悬在头顶，清风徐徐吹进峡谷。这是最后一次了。彼得想着，他再也听不到爷爷的口琴声了。要是爸爸搬到另一间房子住该多好——远远离开这儿。他不愿在明月清辉下离开爷爷，独自坐在外头。音乐停止了，他俩默默地坐了几分钟，还是爷爷开口了：“我给你吹一段欢乐点的曲子。”

彼得呆坐着，眼睛凝望着峡谷。爸爸就要和那个女人结婚了。不错，那女人曾经吻过他，并说过要当他的好妈妈，除此之外，别无其他了。

乐曲突然中断。爷爷说道："这是个蹩脚曲子，只能当舞曲。"接着他又说："你爸爸要娶的是位好姑娘，同这么漂亮的妻子在一起，他会感到年轻许多的。而我这老头子在这房子里又能干些什么呢？……碍手碍脚的……一个蠢老头子，整天光会叫腰酸背痛！

"不久就会有婴儿降临了，我不愿听婴儿整夜哭哭啼啼，不，我最好还是走。唔，再来一两段，然后我们就上床去，睡上一会儿，明天一早我就要带上我的新毯子上路了。来，听听这首，虽有点悲伤，但在今天晚上，听起来还是蛮好听的。"

他们没听到两个人正从大路走过来的声音，那是爸爸和那脸蛋光鲜得有点刺眼，活像一尊洋娃娃的女人回来了。他们听到了她的笑声，口琴声戛然而止。

爸爸没说一句话。那女人走上前来，娇声娇气地对爷爷说："明天我就不送你啦，我是来向你道别的。"

"您的心地太好啦！"爷爷说。他低着头，望着地面，然后又转向放在他脚旁的毛毯，他弯下腰，把毛毯拿起。"请您看看这个，"他小声地说，像是个小孩在说话，"我儿子送给我一床多好的毯子做离别赠礼。"

"唔，"姑娘说，"这毯子不错。"她摸了摸羊毛，接着说，"真的是不错。"她转向爸爸，冷冷地说，"肯定花了不少钱！"

爸爸清了一下喉咙，嗫嚅着："我，我想给他买一床最好的……"

姑娘好像钉在那里，动也不动，两眼没离开过那床毯子。"哟，还是一床双层的哪。"她喊道。

"是的，"老人说，"是双层的……一床漂亮的毯子，送给我老头做纪念。"

彼得突然转身走进房去，在他耳边，还听见那女人喋喋不休地说那昂贵的毯子，他听到爸爸像往时一样渐渐地发火了，她一赌气就要走。彼得刚迈出门口，那姑娘正好转过身来嚷道："不管你怎么说，他无论如何也不需要一床双层毛毯！"

爸爸望着她，眼里露出滑稽可笑的神情。

"她是对的，爸。"彼得说，"爷爷是不需要一床双层毯子的。来，爸，"他拿出一把剪子，"把它剪开，请爸把毛毯剪成两半。"

他们都望着孩子，愣住了。

“把它剪成两半，听我说，爸，把那另一半留起来。”

“这主意不坏，”爷爷温和地说，“我不需要这么大的毯子。”

“是的，”孩子说，“一层毯子就足够送走一个老头了，我们可以省下那另一半，爸，留着它，以后会用得上的。”

大家都沉默了，好久之后，爸爸走到爷爷面前，呆立着，没有一句话。

爷爷明白了，他伸出一只手，搁在爸爸的肩膀上。彼得望着他们，他听见爷爷喃喃的耳语：“……没啥事，孩子，我知道你不是这么想的……”

这时彼得哭了，但这没什么，因为他们三个都哭成一团了。

我第一次文学上的冒险

［美国］马克·吐温

我十二岁时是个很机灵的孩子——一个异常机灵的孩子，我那时这样想。正是那个时候，我第一次为报刊写了点拙劣的东西，然而使我十分意想不到的是这竟在社会上引起了轰动，反应很好。事情确实是这样，我也为此感到很自豪。我是一个印刷厂的学徒，并且是个进步的有抱负的学徒。我的叔叔把我收下帮他办报（《汉尼巴尔周报》，一年预付两美元，有五百个订户，而他们用成捆出售的木材、卷心菜和不适合市场销售的萝卜付款）。幸运的是在一个夏季里的一天，叔叔要离城一个星期。他问我能否审慎地编辑一期报纸。啊！难道我不愿意尝试一下吗？希金斯是和我们竞争的一份报刊的编辑。他最近失恋了。一天夜晚，一个朋友在这个可怜的家伙的床上发现了一张公开的短笺，上面说他再也不能这样生活下去，他已经在熊河投水溺死了。这个朋友朝那里跑去，却发现希金斯正涉水回到岸上。他决定还是不能自寻短见。村子里几天都在议论这件事，可是希金斯对此并不猜疑。我认为这是一个好机会。我为事件的经过精心炮制了一篇歪曲的报道，又加插图说明；用大折刀在木刻活字的底部拙劣地把它雕刻出来——其中一幅插图是希金斯穿着衬衫，提着灯笼，涉水到小河中，用手杖探测水的深度。我认为这是极端滑稽可笑的，可是竟完全没有意识到这样的刊载在道德上有什么不对的地方。我对这番努力感到心满意足，还想方设法征服其他的领域。同时，我还觉得用无理的卑劣行为去指责邻乡的报纸编辑，“看到他辗转不安”是一件好事，一件有趣的事。

我这样干了。把文章写成关于“埋葬约翰·穆尔爵士”的一首讽刺诗的体裁——这也是一篇相当拙劣的模仿的滑稽作品。

后来我用讽刺的文章粗暴地嘲讽了两个当地的知名人士。倒不是由于他们干了什么事活该倒霉，而仅仅是因为我的责任是使报纸生动活泼。

然后我又稍稍地触犯厂那个新来的异乡人——当时社交场合上的宠儿，那个从昆西来的被雇用的出色的裁缝。他是个面带傻笑的彻头彻尾的花花公子和州里穿着最刺眼的男子。他还是个摧残妇女的老手。每个星期他都为这份报刊写肉感的“诗歌”，大谈他最近的爱情的俘虏。他那个星期给我的押韵诗，上面加的标题是“致在 H－L 的玛丽”，指的当然是在汉尼巴尔的玛丽。可是当我给这首诗排版时。突然间，那种我认为是晴天霹雳般的幽默，使我深深地感到沮丧了。于是，我把它压缩成下面的一个生动的脚注，写道：“这次我们将让这件事过去算了，但仅此一次而已。我们希望戈登·朗内尔斯清楚地明了我们在容忍一个知名的人物，而从这时起，当他想要和他的在 H－L 的朋友们娓娓谈心时，他必须选择某种其他的手段，而不是这份报纸的专栏！”

这份报纸发行了。可是我从未料到有什么小事会像我开的小玩笑那样引起一场轩然大波。

只有这一次《汉尼巴尔周报》的需求量大增——这是它从未经受过的新奇的事。全城轰动了。希金斯一早就带着双筒猎枪前来造访。当他发现伤害了他的是个乳臭未干的毛孩子时，他只是扯了扯我的耳朵就走了。但是那天夜晚他就辞去他的职务，永远离开了这个城镇。那个裁缝带着他的鹅和一把大剪刀来了，但是他也瞧不起我，当天晚上就起程到南方去了。那两个受到讽刺文章攻击的公民满心想用诽谤罪来恐吓我的，却又为我的无足轻重激怒得扬长而去。乡村的编辑第二天气势汹汹地走进来，发出战时的喊杀声，恨不得一下子把我吞下肚去；可是他最后还是真诚地原谅了我，还邀我一起到药店（美国的药店实际上等于杂货店），友好地喝一杯满满的“法尼斯托的驱虫水”，把所有的敌意都荡涤得一干二净。这是他开的小小的玩笑。当我叔叔回来时，他大发雷霆——我认为大可不必。他应想到我给了这份报纸多么大的促进，同时也要考虑到他为了要能幸存下来而产生的感激之情应在他心中占什么地位。因为由于他的耽搁，他才这样奇妙地免遭分尸、斧劈和诽谤，他的脑袋才不致被枪打掉。但是，当他一看账本，看到我确实把三十三个新订户的空前未有的数字记载入册，而且还有新订户交付的蔬菜、成捆出售的木材、卷心菜、豆子和卖不掉的萝卜等，足够一家人两年的食用，他才心平气和。

竞选州长

［美国］马克·吐温

几个月之前，我被提名为纽约州州长候选人，代表独立党与斯坦华脱·勒·伍福特先生和约翰·特·霍夫曼先生竞选。我总觉得自己有超过这两位先生的显著的优点，那就是我的名声好。从报上容易看出：如果说这两位先生也曾知道爱护名声的好处，那是以往的事。近几年来，他们显然已将各种无耻罪行视为家常便饭。当时，我虽然对自己的长处暗自庆幸，但是一想到我自己的名字得和这些人的名字混在一起到处传播，总有一股不安的混浊潜流在我愉快心情的深处"翻搅"。我心里越来越不安，最后我给祖母写了封信，把这件事告诉她。她很快给我回了信，而且信写得很严峻，她说："你生平没有做过一件对不起人的事——一件也没有做过。你看看报纸吧——一看就会明白伍福特和霍夫曼先生是一种什么样子的人，然后再看你愿不愿意把自己降低到他们那样的水平，跟他们一起竞选。"

这也正是我的想法！那晚我一夜没合眼。但我毕竟不能打退堂鼓。我已经完全卷进去了，只好战斗下去。

当我一边吃早饭，一边无精打采地翻阅报纸时，看到这样一段消息，说实在话，我以前还从来没有这样惊慌失措过：

"伪证罪——那就是1863年，在交趾支那的瓦卡瓦克，有三十四名证人证明马克·吐温先生犯有伪证罪，企图侵占一小块香蕉种植地，那是当地一位穷寡妇和她那群孤儿靠着活命的唯一资源。现在马克·吐温先生既然在众人面前出来竞选州长，那么他或许可以屈尊解释一下如下事情的经过。吐温先生不管是对自己或是对要求投票选举他的伟大人民，都有责任澄清此事的真相。他愿意这样做吗?”

我当时惊愕不已！竟有这样一种残酷无情的指控。我从来就没有到过交趾支那！我从来没听说过什么瓦卡瓦克！我也不知道什么香蕉种植地，正如我不知道什么是袋鼠一样！我不知道要怎么办才好，我简直要发疯了，却又毫无办法。那一天我什么事情也没做，就让日子白白溜过去了。第二天早晨，这家报纸再没说别的什么，只有这么一句话：

“意味深长——大家都会注意到：吐温先生对交趾支那伪证案一事一直发人深省地保持缄默。”

〔备忘——在这场竞选运动中，这家报纸以后但凡提到我时，必称“臭名昭著的伪证犯吐温”。〕

接着是《新闻报》，登了这样一段话：

“需要查清——是否请新州长候选人向急于等着要投他票的同胞们解释一下以下一件小事？那就是吐温先生在蒙大拿州野营时，与他住在同一帐篷的伙伴经常丢失小东西，后来这些东西一件不少地都从吐温先生身上或‘箱子’（即他卷藏杂物的报纸）里发现了。大家为他着想，不得不对他进行友好的告诫，在他身上涂满柏油，粘上羽毛，叫他坐在木杠上，把他撵出去，并劝告他让出铺位，从此别再回来。他愿意解释这件事吗?”

难道还有比这种控告用心更加险恶的吗？我这辈子根本就没有到过蒙大拿州呀。

〔此后，这家报纸照例叫我做“蒙大拿的小偷吐温”。〕

于是，我开始变得一拿起报纸就有些提心吊胆起来，正如同你想睡觉时拿起一床毯子，可总是不放心，生怕那里面有条蛇似的。有一天，我看到这么一段消息：

“谎言已被揭穿！——根据五方位区的密凯尔·奥弗拉纳根先生、华脱街的吉特·彭斯先生和约翰·艾伦先生三位的宣誓证书，现已证实：马克·吐温先生曾恶毒声称我们尊贵的领袖约翰·特·霍夫曼的祖父曾因拦路抢劫而被处绞刑一说，纯属粗暴无理之谎言，毫无事实根据。他毁谤亡人，以谰言玷污其美名，用这种下流手段来达到政治上的成功，使有道德之人甚为沮丧。当我们想到这一卑劣谎言必然会使死者无辜的亲友蒙受极大悲痛时，几乎要被迫煽动起被伤害和被侮辱的公众，立即对诽谤者施以非法的报复。但是我们不这样！还是让他去因受良心谴责而感到痛苦吧。（不过，如果公众义愤填膺，盲目胡来，对诽谤者进行人身伤害，很明显，陪审员不可能对此事件的凶手们定罪，法庭也不可能对他们加以惩罚。）”

最后这句巧妙的话很起作用，当天晚上当“被伤害和被侮辱的公众”从前门进来时，吓得我赶紧从床上爬起来，从后门溜走。他们义愤填膺，来时捣毁家具和门窗，走时把能拿得动的财物统统带走。然而，我可以手按《圣经》起誓：我从没诽谤过霍夫曼州长的祖父，而且直到那天为止，我从没听人说起过他，我自己也没提到过他。

〔顺便说一句，刊登上述新闻的那家报纸此后总是称我为“拐尸犯吐温”。〕

引起我注意的下一篇报上的文章是下面这段：

“好个候选人——马克·吐温先生原定于昨晚独立党民众大会上作一次损伤对方的演说，却未履行其义务。他的医生打电报来称他被几匹狂奔的拉车的马撞倒，腿部两处负伤——卧床不起，痛苦难言等等，以及许多诸如此类的废话。独立党的党员们只好竭力听信这一拙劣的托词，假装不知道他们提名为候选人的这个放荡不羁的家伙未曾出席大会的真正原因。

“有人见到，昨晚有一个人喝得酩酊大醉，摇摇晃晃地走进吐温先生下榻的旅馆。独立党人责无旁贷须证明那个醉鬼并非马克·吐温本人。这一下我们终于把他们抓住了。此事不容避而不答。人民以雷鸣般的呼声询问：‘那人是谁？’”

我的名字真的与这个丢脸的嫌疑联在一起，这是不可思议的，绝对的不可思议。我已经有整整三年没有喝过啤酒、葡萄酒或任何一种酒了。

〔这家报纸在下一期上大胆地称我为“酒疯子吐温先生”，而且我知道，它会一直这样称呼下去，但我当时看了竟毫无痛苦，足见这种局势对我有多大的影响。〕

那时我所收到的邮件中，匿名信占了重要的部分。那些信一般是这样写的：

被你从你寓所门口一脚踢开的那个要饭的老婆婆，现在怎么样了？

好管闲事者

也有这样写的：

> 你干的一些事，除我之外没人知道，你最好拿出几块钱来孝敬鄙人，不然，报上有你好看的。
>
> 惹不起

大致就是这类内容。如果还想听，我可以继续引用下去，直到使读者恶心。

不久，共和党的主要报纸“宣判”我犯了大规模的贿赂罪，而民主党最主要的报纸则把一桩大肆渲染敲诈案件硬“栽”在我头上。

〔这样，我又得到了两个头衔：“肮脏的贿赂犯吐温”和“令人恶心的讹诈犯吐温”。〕

这时候舆论哗然，纷纷要我“答复”所有对我提出的那些可怕的指控。这就使得我们党的报刊主编和领袖们都说，我如果再沉默不语，我的政治生命就要给毁了。好像要使他们的控诉更为迫切似的，就在第二天，一家报纸登了这样一段话：

“明察此人！独立党这位候选人至今默不作声，因为他不敢说话。对他的每条控告都有证据，并且那种足以说明问题的沉默一再承认了他的罪状，现在他永远翻不了案了。独立党的党员们，看看你们这位候选人吧！看看这位声名狼藉的伪证犯！这位蒙大拿的小偷！这位拐尸犯！好好看一看你们这个具体化的酒疯子！你们这位肮脏的贿赂犯！你们这位令人恶心的讹诈犯！你们盯住他好好看一看，好好想一想——这个家伙犯下了这么可怕的罪行，得了这么一连串倒霉的称号，而且一条也不敢予以否认，看你们是否还愿意把自己公正的选票投给他！”

我无法摆脱这种困境，只得深怀耻辱，准备着手“答复”那一大堆毫无根据的指控和卑鄙下流的谎言。但是我始终没有完成这个任务，因为就在第二天，有一家报纸登出一个新的恐怖案件，再次对我进行恶意中伤，说因一家疯人院妨碍我家的人看风景，我就将这座疯人院烧掉，把院里的病人统统烧死了。这使我万分惊慌。接着又是一个控告，说我为了吞占我叔父的财产而将他毒死，并且要求立即挖开坟墓验尸。这使我几乎陷入了精神错乱的境地。在这些控告之上，还有人竟控告我在负责育婴堂事务时雇用老掉了牙的、昏庸的亲戚给育婴堂做饭。我拿不定主意了——真的拿不定主意了。最后，党派斗争的积怨对我的无耻迫害达到了自然而然的高潮：有人教唆九个刚刚在学走路的包括各种不同肤色、穿着各种各样的破烂衣服的小孩，冲到一次民众大会的讲台上来，紧紧抱住我的双腿，叫我做爸爸！

我放弃了竞选。我降下旗帜投降。我不够竞选纽约州州长运动所要求的条件，所以，我呈递上退出候选人的声明，并怀着痛苦的心情签上我的名字：

“你忠实的朋友，过去是正派人，现在却成了伪证犯、小偷、拐尸犯、酒疯子、贿赂犯和讹诈犯的马克·吐温。”

卫生餐厅

［美国］约翰·爱伦

“来两只嫩煮鸡蛋，一份家常油炸土豆条，一块乌饭浆果松饼，再加咖啡和鲜橘汁。”我吩咐卫生餐厅的侍者。慢跑后的我饥肠辘辘。

我刚打开报纸，咖啡就端上来了。“请用咖啡。”侍者说，“不过，对不起。我们的立法当局坚持要我们提醒顾客，每天喝三杯以上的咖啡有可能增加得中风和膀胱癌的危险。虽然这是除去了咖啡因的，但食品和药物管理局仍要求我们说明，提取过程中或许还残留了微量的致癌可溶物。”这才给我的杯子斟上。

他端着我叫的早点回来时，我差不多看完了第一版。

“您的鸡蛋。”他说，“如果不煮透，就可能含有沙门氏菌，会引起食物中毒。蛋黄中有大量的胆固醇，它是诱发动脉硬化和心脏病的主要潜在危险。美国心血管外科医生协会主张每星期至多只吃四个鸡蛋，吸烟者和身体超重十磅者尤应如此。”

我的胃感到一阵不舒服。

“马铃薯，”他继续着，“皮上的青色斑块有可能含有一种叫龙葵碱的生物碱毒素，（内科医生参考手册）上说龙葵碱会引起呕吐、腹泻和恶心。不过放心，您用的土豆是仔细地去了皮的，我们的供应商还答应，如有不良后果，他们将承担一切责任。”

但愿这“不良后果”别降临到我头上，我想。

“松饼含有丰富的面粉、鸡蛋和黄油，还有乌饭浆果和低钠调味粉，唯独缺少纤维素。营养研究所警告说低纤维饮食会增加胃癌和肠癌的危险。饮食指导中心说面粉可能受到杀真菌剂和灭鼠剂的污染，还可能含有微量的麦角素，它能引起幻觉、惊厥和动脉痉挛。”

顿时焦黄松脆的松饼诱人的香味变得十分可疑了。

“黄油是高胆固醇食品，卫生部忠告近亲患心脏病的人限制胆固醇和饱和脂肪的摄入量。我们的乌饭浆果来自缅因州，从未施过化肥和杀虫剂。但美国地质调查队有报告说许多缅因州的浆果长在花岗岩地区，而花岗岩常常含有放射性物质铀、镭和氧气。”

我立刻想起了切尔诺贝利事故幸存者头发脱落的不雅观之状。

“最后，烘焙的麦粉中含有硫酸铝钠盐，研究者认为铝元素可能是早老性痴呆症的罪魁祸首。”侍者说罢便离去了，令人肃然起敬的营养咨询也许结束了。

侍者很快回来了，带着一只罐子。“我还得说明，我们的鲜橘汁是早上六点前榨的。现在是八点三十整。食物和药品管理局与司法部正在指控一家餐馆，因为它把放了三四小时的橘汁说成是新榨的。在那个案子裁决前，我们的律师要求我们从每一个订了类似食品的顾客那儿弄一份放弃追究责任的说明书。”

我签署了他递过来的表格，他用回形针把它附在我的账单上。在我伸手取杯子时，他又拦住了我。“还有一件事，”侍者说，“消费安全组织认定您使用的叉子太尖太锋利，必须小心使用。”

“好，祝您胃口好。”侍者终于走开了，我也终于松了一口气。我拨拉着已是冷冰冰的我的那份早餐，胃口彻底倒了。哦，上帝！

爸爸最值钱

［美国］布赫瓦尔德

一天，我从儿子房间旁经过，听见儿子正在打字。

“想写点什么呢?”我问他。

“正在写回忆录，描述做你儿子的感受。”

听了他的话，我的心里甜丝丝的。“写吧，但愿在书中我的形象不坏。”

“放心吧，错不了!”他说，“嗨，爸，商量件事。你把我关进牛棚，用你的皮带抽我，像这样的事，我应该在书中写几次啊?”

这使我愕然：“我从未把你关进牛棚，也没用皮带抽你啊！再说，我们家压根儿也没有一个牛棚。”

“我的编辑说，要想使书有销路，我应该描述诸如此类的事：当我做错事的时候，你狠狠地揍我，继而又把我关进厕所。”

“可我从来没有把你关起来啊!”

“那是事实。但编辑指望我的故事能使读者大开眼界，就像加里·克罗斯比和克里斯蒂娜·克劳索德写的关于他们父母的故事那样。他认为读者想了解你的私生活——你的庐山真面目。现在儿辈们都在写这方面的书，而且都是畅销书。假如我也把你描述成一个堕落的父亲，你不会反对吧?”

“你一定要这样做吗?”

“是的，必须如此。我已经预支了一万美元，他们的条件是必须揭露你的隐私。你可以读一读我写的第二章。内容嘛，是你在一次演讲会上闹出了大笑话，会后你酩酊大醉地回到家中，把我们所有的人都从床上轰了起来，逼着我们刷地板。”

“你知道得很清楚，我从来没有这么干过。”

“哎呀，我的爸！这只不过是一本书。我的编辑喜欢这样的书。第三章最中他的意了。那一章中，你对母亲拳打脚踢，大要威风。”

“什么？我揍了你母亲？”

“我并不是说你真的伤害了母亲。不过，我还写了我们几个小孩惯于藏在毛毯底下，这样我们就听不到母亲挨打时那种声嘶力竭的叫声了。”

“天哪，我从未打过你母亲啊？”

“可我不能这么照搬事实。编辑说过，成年人是不会花十五六美元去买《桑尼布鲁克农场的丽贝卡》（一种颇受美国儿童欢迎的读物）的。”

“好吧，就算我用皮带抽了你，揍了你母亲。除此我还做了些什么？”

“对了，我正在第四章中写你拈花惹草的事呢，假如我写你常在凌晨三点钟把那些歌舞女郎领进家门，你说人们会不会相信？”

“我敢肯定，人们会相信的。但即使这是一本畅销书，难道你不认为这太离谱了吗？”

“这是我的编辑的主意。平时，你没有粗暴待人的恶名声，这样一写，读者才会真正感到惊奇、刺激。对你不会有什么损害的。”

“对你是没什么损害，但对我可如同下地狱了！”我再也按捺不住，冲他吼叫起来，“我究竟做了点好事没有？”

“有。其中有一章我特别写到你为我买了第一辆自行车，但编辑让我删去了。因为我也写了圣诞节的事。那次，我跟你顶嘴，气得你把一碗土豆泥统统扣在我的脑门上。编辑说这样的两码事写在一起是会把读者搞糊涂的。”

“那你为什么不写仅仅因为你数学考试得了‘良好’，我就用冷水把你从头淋到脚？”

“你说得好。那我就这样写：一次我得肺炎住院，你这位当爸爸的甚至连看都不看我。”

“看来你是想把你的父亲以一万美元出卖了？”

“不仅是为了钱。编辑说如果我把一切都捅出去，那就连巴巴拉·瓦尔德斯都会在他主持的电视节目里采访我，那时我就再也不用依靠你来生活了。”

“好吧。如果这本书真会带给你那么多的好处，你就干下去吧。要我帮忙吗？”

“太好了，就一件事。你能不能给我买一台文字加工机？如果我能提高打字的速度，这本书就能在圣诞节前脱稿。一旦我的代理人把这本书的版权卖给电影制片商，我就立即把钱还给你。”

来自赌城的电话

［美国］布屈沃德

在每个男人的生活中都有这么一个时候，如果他单独在拉斯维加斯，他就不得不打收话人付费电话给他妻子。这一时刻对我而言比预期的要来得早。

“你好，亲爱的，”我说，“我正在拉斯维加斯给你打电话。”

“我知道你在那儿打电话。”她说，痛苦正从听筒里渗透出来，“你昨晚在干什么？”

“我和一个歌舞女郎约会。”我告诉她。

“别给我撒谎。你在赌博。”

“一点点，不多。”

“你输了多少？”

“我爱你。”我告诉她。

“我说你输了多少？”

“我给你打电话不是谈这个，我想和你谈谈孩子。”

“孩子怎么了？”她急于知道。

“他们长大了为什么非得去读大学？许多孩子没读大学也照样出人头地。”

“你没输掉他们读大学的钱吧？”她尖叫起来。

“只是他们三年级和四年级的钱。”

“你还输了什么？”

“你现在站在哪儿？”

“在我们的卧室里。”

“别再说‘我们的’卧室了。”

“你没输掉房子吧？”她狐疑地问道。

“只是一部分，我还保留了浴室和车库的所有权。”

我可以听见电话那一端的啜泣声。

"不，亲爱的，等一分钟，你说过这房子对我们来说太大了，而你喜欢小一点的。把这看做是一种好运气。亲爱的，你在吗？"

"是的，我在。"

"行行好，你知道结婚周年纪念日我给你买的带珍珠的金项链吗？"

"你把它输掉了？"。

"当然不会，你认为我会干这么低下的事吗？"

"那么，项链怎么了？"

"我想叫你出去把它丢在什么地方，那么，我们就能因此拿到保险金，我们可以得到一个比卖掉它更好的价钱。"

"我会杀了你。"她说。

"别这样，这将是一个错误。"

"你意思是说你还输了人寿保险？"

"他们告诉我像我这么做的人可以长寿。"

"好吧，你总算没输掉我的皮外套。"

我说不出话来。

"你输了我的皮外套？"

"谁在华盛顿穿皮外套？"我回答她。

"你几时回家？"

"这就是我要打电话说的。今天下午三点有一辆灰狗班车去华盛顿，如果你把我留给你买食物的钱寄给我，我就能赶上这班车了。"

"那你回来后我们吃什么？"

"打电话给农业部，根据法律，我们有资格分享他们的过剩食品。"

一磅黄油

［美国］海伦·霍克

一个冬日的傍晚，佛蒙特一家乡村杂货店的店主正准备关门打烊。他站在屋外雪中关窗板，透过玻璃他可以看到塞思，一个懒惰而又无能的家伙，仍然在店内闲逛。就在店主注意他的时候，塞思从货架上抓了一磅黄油，藏到帽子里。店主一看到这个举动就立即想到一个绝妙的报复方法，他可以惩罚这个小偷，与此同时他要充分地满足一下自己的玩笑欲。

“我说，塞思，坐啊。”店主说着话就走进店里关上门，口气极友好，“我想，这么冷的夜晚喝一点热乎乎的东西不会对你有坏处。”

塞思感到很为难。他拿了黄油并想尽快脱身，但是热饮料的诱惑又使他犹豫不决。但是这事很快就定了下来。店主抓住塞思的肩膀，强按他坐到靠近火炉的一个位置上。现在，塞思被逼进了死角。他的周围几乎全是箱子和油桶，只要站在他面前，他就无路可逃。果然，店主真的在那个位置坐了下来。

“塞思，我们来喝点热饮料。”店主说，“否则，在这么冷的夜晚回家，你会冻僵的。”说着话，他打开炉门朝里面塞了更多的木柴。

塞思已经感到黄油粘到头发上，热饮料已不再那么使他心动，他一下跳起身，宣布自己非走不可。

“先来点热的，再走不迟，塞思。来，我给你讲个故事。”塞思被这位诡计多端的折磨者推回原座。

“哦，这里这么热！”小偷说着，试图再次站起来。

“坐坐！别这么着急！”店主又一次将他推回椅子上。

“但是我要喂牛，要劈柴，我一定得走。”这倒霉的男人说。

“你不该把自己弄得太累，塞思。坐！那些牛就随它去吧。你自己静静心，你似乎有点坐立不安。”恶作剧的店主露出狡猾的笑容。

塞思被迫坐在原地不动。他清楚下一步店主将端来两杯热气腾腾的饮料，他的头发涂满融化了的黄油，被粘住了，不然的话，看到这样的东西，发梢也会倒竖起来的。

“塞思，现在我给你一块面包，你可以自己涂黄油。”店主说话的样子极不经意，可怜的塞思甚至相信偷黄油的事压根就没被察觉。“我们可边喝边吃圣诞鸭，烤得不错，是不？告诉你，那是天下第一美味了。塞思，现在尝尝你的黄油——我是说，尝尝饮料。”

可怜的塞思现在不仅热得要融化而且急得快要冒烟了。随着帽子里黄油一层层融化，系在他脖子上的手帕已经浸满了油腻腻的东西。

嗜好玩笑的店主若无其事地闲聊着，并不断地往火炉里塞木柴。塞思则笔直地坐着，背靠着柜台，双膝几乎触到那通红的火炉。

“今晚真冷啊！”店主十分随便地说。然后，又似乎很吃惊地说，“喂，塞思，你好像在出汗，干吗不把帽子摘下来？来，我帮你把帽子拿下来。”

“不！”可怜的塞思最后大声叫道，他再也无法忍受了，“不！我必须要走，让我出去，我不舒服，让我走！”

油乎乎的稀黄油现在流到这可怜男人的脸上、脖子上，浸入衣服里，一直流进他的靴子里，他好像从头到脚洗了个黄油澡。

“好的，那么，晚安，塞思，假如你真的要走的话。”这个幽默的佛蒙特人说，就在他不幸的受害者冲出门外时，他补充道，“我说，塞思，我估计从你身上得到的乐趣值那么多钱，所以你帽子里的那磅黄油就不记账啦。”

理　解

［美国］佩里·萨罗

我伸展着双腿坐在起居室的桌前，随手拿起一封信看起来，这是一封来自玛蒂尔百货商店的信，信中说：我们欠他们一百七十五元钱。我愣住了，这肯定是误会了，因为我和詹妮特从来没有花过这样一笔钱，因为我们俩人已合计好，存钱付买房的首批付款。我又端详了一下账单，走进卧室，看见妻子詹妮特正蜷缩在床上津津有味地看一份杂志。我对她说：“玛蒂尔百货商店给我们寄来了一份一百七十五元的欠账单，肯定是搞错了，会不会是十七点五元呢？”妻子没有回答，她只是慢慢地把杂志放到胸前，平静地说：“这件事我想暂时先不要管它好吗？”

我突然意识到：妻子可能花了这些钱。我两眼紧紧地盯着她，好像从这时开始，我才认识她。妻子微笑地对我说：“我到时去支付这些钱不就得了。”“不。我想知道的是：你究竟用这些钱买了什么东西，我并没有看到家中添置什么新东西啊！”妻子垂下眼睑，低声说：“巴尼，这是我自己想买的东西，我不想告诉你。”我听到这更加迷惑不安了。这笔钱的花销，意味着我们将要推迟一个月买房了，更糟的是：我能够再信任她吗？她为什么要这样对待我呢？我厉声对她说：“你不要兜圈子了，我想知道你究竟花钱干了些什么，我有权知道。”

妻子轻轻地碰了碰我的胳膊温和地说：“不要生气，好吗？你最近很辛苦，但是你的情绪似乎太激动了，这样很不好。”听到这些话，我更生气了，但是妻子也开始变得尖锐起来，她对我说：“我同你结婚，并不意味着我失去拥有私人秘密的权利。”忽然，我想起来一件事，肯定是那条该死的貂皮围巾引起的。卡洛尔在两个月前曾买了一条貂皮围巾，妻子看了满眼羡慕之情，就在玛蒂尔百货商店，一个星期六的下午，她那欣赏貂皮围巾的情形又一幕幕地出现在眼前……

我对妻子说：“你耍了一个小把戏吧！我知道你买了什么，我真想用诅咒的方式来阻止你的行为。你是一个挥霍者，还以为我是一个大傻瓜呢！”妻子对我说的这番话感到气愤，她立即跳下床，两脚踏在地毯上，“难道你想象中我就是这么一个人吗？”她喊着，看到她开始气呼呼的样子，我顿时溢出了一点莫名的满足感。妻子对我的积怨像洪水暴发一股脑地向我涌来：“你知道爱情是什么吗？我想，你还得花很长时间去寻找它吧？我要乘出租车去我母亲那里，你不要用电话来干扰我，我再也不想看到你了。”这时，我才发觉，问题开始变得严重起来了，但我没有向她让步，我想她应该知道我为什么会对她生这么大的气，我可不是那种可以让人任意摆布的人。

第二天早晨，在办公室里，我埋头工作，没有与人攀谈，也没有一个人注意到我的情绪。当用完午餐返回办公室时，碰见了比尔·汉姆瑞，他向我展示了一套新的高尔夫球用品，于是，我有了一个想法，如果我也买一套最钟爱的高尔夫球用品，那么不是和妻子的矛盾就扯平了吗？

这天下午，我去了高尔夫球俱乐部，并把用品拿回了家。我在家里地板上挥杆击球，一个球骨碌碌地从起居室滚动到卧室，钻进了妻子半开的壁柜中。这壁柜很大，里面很黑，妻子的很多衣物还挂在这里。我弯腰在里面摸索着找球，手上忽然碰到一个硬东西，原来这是一个大盒子，里面竟然放着一套漂亮的高尔夫球用品，比我见的那些都要好，从盒上的标牌上可以看出，这些全部购自玛蒂尔百货商店。忽然，我记起来一件事，我们的结婚纪念日将在这个星期二，细想起来，我竟没有能为妻子买点什么礼物，妻子想用她的爱心给我一个惊喜，然而，我却是多么地愚蠢可笑啊！

我想，我有一件事情必须立即去做，那就是：明天立即买一条漂亮的貂皮围巾，悄悄地把它放在我的壁柜里。

艺术与晚餐

［美国］布赫瓦尔德

一天，我走进一家超级市场，打算买一些晚餐食用的东西。回家路上，我拐进了一家刚举行完一个通俗艺术展览开幕式的展览馆。手里拎的包相当沉，我便把它放在展厅的角落里。后来，因为所见到的展览品使我心醉神迷，就稀里糊涂地向家里走去。

“你买的东西呢？”妻子问。

“见鬼！我把它忘记在展览会了！”

我急忙返回展览厅。可是我去得太晚了。我的那包东西获得了展览作品大奖！

“我们找了您很长时间，可怎么也找不到。”展览馆负责人对我说，“您怎么不在这件艺术作品上标明自己的名字呢？”

“可是……它并不是什么艺术品，而是一些可怜巴巴的食物，买给家人做晚餐的……”展览厅爆发出一阵哄堂大笑。

“瞧！他不仅是一位伟大的艺术家，而且很有幽默感！”一位评委这样说。

“这从他送展的作品就看得出来。”另一位评委补充道，“瞧这装猪肉和扁豆的玻璃罐托住酸奶瓶子的方式，是多么精心地安排出来的！”

“他简直就是一位天才！”一个太太对陪同她的先生说，“你看看那装水蜜桃的玻璃罐微微侧向一边的造型有多巧妙！我觉得即使瓦瑟也没有能够达到这一步！”

“我认为，获得大奖是因为面包围放在底部托住整个作品的缘故。”陪伴那太太的先生说，“我真想知道，毕加索看到这样非凡的构思将做出什么样的表情!”

“诸位，”我说，“对你们为我所做的一切，我深表感谢。但是，现在我得把这包东西拿回家去了。”

“把它拿回家?”展览馆长惊讶地说，“我刚刚把它以一千五百美元的价格卖给了这两位。”

“可是，我买它们的时候只花了十八美元。”我赶紧声明说。

“我们这里说的并不是购物。您创作出了一件真正的艺术品。通过这件作品，您所表达的思想，甚至比罗丹通过他的《思想者》所表达的还要深刻!”

我本是一个谦卑的人，听了这话我感到脸颊发热。不过，支票我还是收下了。至于晚餐，我只得同妻子一道去饭馆吃，吃过饭后，我又去了一趟超级市场，并且买了很多东西，比第一次买的多得多，然后直奔展览馆。可这一次，我再没能够成功。

“他简直被胜利冲昏了头脑!”一位颇有名气的批评家说，“如果说，开始他还能够用只配做猫食的低档货，加上黄油、花生酱一类的东西创造出令人震颤、充满激情、独具匠心的艺术作品，那么这次他向我们展示的却只是令人倒胃口的蘑菇和烂鱼汤。他的创作灵感已经完全枯竭了，剩下的只是一堆枯燥无味的破烂。”

医院需要病人

［美国］阿特·巴克奥尔德

近来，医院的效率越来越高了。病人住院根本无须久等，因为医院的床位过剩。为了经营下去，医院就得尽力避免病床空闲。这既是好事，似乎也不是好事。

前些天，我到医院探望一位住院的朋友。我先到了问讯处，那里兼办入院手续。没等我开口问及我朋友的病房房号，值班小姐便拿出一份表格，记下了我的姓名、年龄、职业，揿了电铃。我刚要说明我只是来探望朋友的，早有两个护理员推着一辆轮椅来到我跟前。他们把我按到轮椅上，顺着走廊推起就走。

“我没病!”我嚷了起来，“我是来看朋友的。”

“他一来，”一个护理员说，“我们就带他去你的房间。”

“他早就来了。”

“那好，等我们把你安置到床上，他就可以来看你。”

我发现自己被带到了一个写着“私人病房，未经护士许可不得入内”字样的小房间。护理员扒光了我身上的衣服，递给我一件古怪的、背后系带的短睡衣和一个水罐，然后打开了悬吊在天花板上的电视机，对我说：“需要什么就按一下电铃。”

“我要我的衣服!”

“噢，你放心好了。”护理员说，“哪怕发生最不幸的事情，我们也会把你的东西都交给你那可能成为寡妇的妻子的。”

正当我设想着怎样从窗户逃出去的时候，威德大夫带领他的几个学生进来了。

“谢天谢地，你们可来了!”我说。

“你疼得很厉害吗?”他问。

“我一点儿也不疼!”

威德大夫显得十分忧虑。“如果你不觉得疼，那意味着情况比我们预料的还要严重。起初是哪里疼?”

“哪儿也不疼!”

威德大夫同情地点了点头，转身对他的学生们说：“这是最难对付的一种病人，因为他拒不承认自己有病。在他打消自己根本没病的错觉之前，他是不会痊愈的。既然他不肯告诉我们什么部位有病，我们就只好做个外科检查性手术来找出毛病。”

“我可不想动手术。”

威德大夫摇了摇头说：“没人愿意动手术，但治病还是宜早不宜迟哪!”

“我没病可治！我一切都正常!”

“如果你一切正常，”威德大夫填写着病历卡说，“就不会到这儿来了。”

次日早晨，他们剃光了我的胸毛，并且拒绝给我开早饭。

来了两个护理员把我挪到一辆担架式推车上，护士长车旁随行，一个牧师殿后。我环顾四周想寻求救援，但是我失望了。

最后，我终于被推进了手术室。“等一等！”我开了口，“我有话告诉你们。我是病得很重，但是我还没有加入医疗保险！交不起麻醉费。”

麻醉师关掉了麻醉仪器。

“当然，我也没有钱付手术费。”于是，大夫们纷纷放下了他们手中的手术刀具。

接着，我转向护士说：“我甚至连交住院费的钱也没有。”

没等我明白过来，我已换上了自己的衣服，被最初把我送进病房的那两个护理员赶到了大街上。

我又去问讯处打听我朋友的病房，值班人员盯着我，冷冷地说：“我们再也不愿在本院见到你。你不正常。”

惶惶不可终日

［美国］约翰·尼科尔

人们曾对这世界仅是一知半解，然而那时的生活倒过得异常安宁……

从前，早晨起来后就美美地吃上一顿早餐，接着便吻别妻子儿女，驾车上班挣钱去。但是现在，每天我们都会“获悉”一些糟糕透顶的“科学新发现”。让我们从清晨开始说起吧。

据说：橘子汁不是好东西——含糖太多，而且其中的柠檬酸会腐蚀胃壁；鸡蛋含有阻碍血液从动脉流向心脏的胆固醇；而熏肉则更可怕了——全是动物脂肪！

面包充满淀粉——这将导致肥胖。奶油也含有令人心悸的胆固醇。橘子果酱同样含糖——当心您的牙齿将会全数剥落！

咖啡无疑会损害神经，并引起十二指肠炎。茶中的鞣酸会“老化”胃壁并使之僵硬。既然水中有氯，牛奶中有锶，那么早餐还是喝点啤酒保险——不过您最好喝听装啤酒，因为丢弃酒瓶又会使您背上“污染环境”的恶名！

您可以乘坐汽车或公共汽车上班，然而您怎能心安理得？难道您忘了使人心惊胆战的“大气污染”？难道您忘了我们的这座城市正被无数高速公路缠得透不过气来？奉劝您以步代车吧，可是请记得戴上帽子——要知道，阳光中的紫外线极易导致皮肤癌！

午餐的法则与早餐一样严峻。蔬菜上洒有杀虫药，鱼类身上渗有汞，而野禽的肌肉中则射满了有毒的铅弹！那么，喝一种奎宁杜松子酒倒是上策——真妙，其中的奎宁恰好能对付杜松子酒中的疟原虫！

傍晚回家后做些运动吧，不过您得谨慎选择——跑步会损伤脊柱的脊间盘，散步会引起足弓扁平，游泳对耳朵有害无益，而举哑铃无疑会加重心脏负担。

那么您只得喝点苏格兰威士忌充饥了！饭后您就看彩电——注意，您可千万别离电视机太近：可怕的辐射将会影响您的生殖机能……

琼斯的惨剧

[加拿大] 斯蒂芬·里柯克

有些人——非指你我，因为你我都很能自持——但有些人，到别人府上拜访或与人共度良宵时，总是难于告辞。当客人感到时候差不多，应该走了，突然起身说：“嗯，我想，我该……”这时主人会客气地说：“哦，现在就要走吗？还早嘛！”客人也就犹疑不决，欲走不能，其情可悯。

如此伤心事，据我所知，最惨的莫过于我那可怜的朋友琼斯的下场了。琼斯是个牧师，年少可亲，才二十三岁啊！他简直无法从别人家里脱身。他太老实，不会撒谎，太诚心，唯恐失礼。事有凑巧，这回他在暑假的第一天下午就到朋友家做客，这以后他将有六个星期的悠游自在。在人家那里，他聊了一会儿，喝了两杯茶，就开始振作精神，准备告辞。突然，他冒出了一句话："嗯，我想，我……"

但是女主人说："哦，不！琼斯先生，您难道就不能多坐一会儿吗？"

琼斯一贯诚实。"哦，可以，"他说，"当然，我，嗯……可以多坐一会儿。"

"那就请别走了。"

他又坐下来，喝了十一杯茶。夜幕已降临了，他又再次站起来说。

"嗯，"他不好意思地说，"我想现在我真该……"

"您非走不可吗？"女主人有礼貌地说，"我还以为您也许能赏脸，留下吃晚餐呢。"

"哦，我其实也能，您知道……"琼斯说，"如果……"

"那就请留下吧，我相信我丈夫一定会很高兴的。"

"好吧，"他有气无力地说，"那我留下。"于是他又满腹茶水，满怀悲伤地坐回原位。

男主人回来了，他们共进晚餐。一边吃，琼斯一边盘算着无论如何八点半钟一定要离开这里。琼斯如此沉默寡言，主人一家都感到疑惑不解：到底琼斯是生性呆笨，外加脾气乖戾呢，还是仅仅生性呆笨而已？

饭后，女主人竭力想引琼斯说话。她给他看照片，让他观赏他们这一家的"博物馆"里的几百件珍品。男主人的叔叔和婶婶的照片、女主人的兄弟和小侄子的照片、男主人的叔叔的朋友穿着孟加拉军服的一张十分有意思的照片，男主人的爷爷的伙伴——狗——一张拍照得很好的照片以及男主人在化装舞会上打扮成魔鬼的一张非常丑恶的照片。

到八点半，琼斯已仔细看过七十一张照片了。

大约还有六十九张他没有看过。琼斯站起来，"我现在该告辞了。"他恳求道。

"怎么，走了？"他们说，"怎么回事？现在才八点半，你有事吗？"

"没有。"他老老实实地承认，嘴里又嘟嘟哝哝地说什么逗留六个星期之类的话，继而惨然失笑。

正巧这个时候，大家发现阖家的宠儿——那十分可爱的小男孩儿把琼斯的帽子藏了起来，于是男主人说琼斯非得留下。他请琼斯和他一起抽烟斗、聊天。而事实上，只是他自己抽个不停，说个没完。即使如此，琼斯还是继续坐着。琼斯时刻都在想采取断然行动脱身，但又做不到。不久男主人开始对琼斯感到厌烦了，终于嘲讽地说，琼斯最好留下来过夜，他们可以给他搭个铺。琼斯误解了他的意思，含泪向他道谢。男主人于是让琼斯睡在客房里，心里却在痛骂他。

第二天早餐后，男主人到城里上班，留下琼斯在家和孩子玩。琼斯心都碎了，精神上垮了，整天想着要走，精神负担很重，但又根本做不到。晚上，男主人回来，看到琼斯还在，又吃惊又生气，想开个玩笑把他撵走。于是他说，他觉得该收琼斯的伙食费了，嘻嘻！没想到这位郁郁不乐的青年神色张皇地瞪了他一会儿，竟然握住他的手，预付了一个月的伙食费，随即忍不住像孩子般抽抽噎噎地哭起来。

以后的日子里，琼斯阴沉忧郁，对人疏远。他老待在客厅里，因为缺乏新鲜空气，缺乏运动，健康开始受到影响。他以喝茶、看照片消磨时光。有时他会一连站好几个小时，呆呆地望着男主人的叔叔的朋友穿着孟加拉军服的照片——和他说话，有时甚至狠狠地骂它。显然，他的精神开始崩溃了。

最后，他垮了。他发高烧，神志不清，人们把他抬到楼上。此后病情恶化，十分可怕。他谁也不认得，连男主人的叔叔那个穿孟加拉军服的朋友也不认得了。有时他会从床上蓦地坐起来，尖叫道："噢，我想，我……"然后令人毛骨悚然地狂笑着，又倒在床上。顷刻，他又会跳起来大叫："再来一杯茶，一些照片！再来一些照片！哈！哈！"

经过一个月的极度痛苦，在假期的最后一天，他终于去世了。据说临终时，他在床上坐起来，满脸笑容，充满信心地说："啊，天使在召唤我，对不起，现在我可真该走了。再见。"

他的灵魂冲出牢笼时，其迫不及待，神速异常，有如猫儿遭到追捕，一跃而飞越花园篱笆。

旅途女伴

［巴西］费·萨比诺

姑娘要到欧洲旅行，那里的一位朋友托她带……带去一只猴子！至于为什么要猴子，我百思不得其解，并且相信姑娘本人也未必清楚。不管怎样吧，鉴于是走海路，她遵嘱买了一只——就是那种类似美洲猿、长长的尾巴、不时搔搔肚皮，而且能怪模怪样地模仿人做各种动作的小猴子。姑娘把这小东西装进笼子里，提着去办理旅行手续。

不消说，猴子无须持有护照，不过像健康证明和检疫黄皮书以及沿途各国领事馆的签证还是必不可少的。等这一切都张罗齐全之后，姑娘才到海运公司办理携带动物乘船的许可证。

接待她的那位公司办事员并没有故意刁难，只是告诉她说，为猴子办理船票，在本公司船队还是破天荒头一桩。

“小姐，请您先看看这个。”

办事员递给她一张铅印的携带鸟类、猫和狗的收费标准。从表格上可以看出，鸟类收费最低，猫次之，狗最高。

“带猴子乘船，我们是第一次遇到，所以还没有写进收费标准里。不过，请小姐放心，可以按狗收费。”

“按狗收费？”姑娘立刻抗议道，“为什么不按猫？”

“因为……因为要是硬要把猴子划归某一类的话，依我看它更接近于狗。”

“为什么？”

“因为猴子和狗……”

“我看不出猴子和狗有什么相似之处。”

办事员挠了挠头，笼子里的猴子也模仿着他的样子煞有介事地挠起头来。

“可是，我觉得猴子也不太像猫。”

“我并没有说猴子像猫。”姑娘紧接着说，“我只是不明白，您有什么理由按费用表上最高的那一项收款。依我说，它甚至可以算一只鸟！请看，它不是装在笼子里吗？”

办事员忍不住笑起来：

“您的意思是说，凡是装在笼子里的都是鸟？谁都知道鸟有两条腿，而猴子却有四条！”

“那么，您的意思是说，我就是一只鸟，因为我也有两条！”姑娘毫不示弱。

“问题在于个头……”办事员犹豫不决。

“个头？鸵鸟和蜂鸟的差别太大了！”

不少人凑过来看热闹。

“依我之见，这只猴子完全可以按猫对待。”其中一位说，他的话博得猴子女主人感激的微笑，“猫会上树，猴子也会……”

“猫叫起来‘喵——’”办事员大为不满，“猴子是这样叫的吗？”

“猫咪狗吠，猴子当然不同，那还用说？”

“您说什么？会吠的都是狗？好，你们听着：汪！汪！汪！那么，现在我是狗了？”

“我并没有说会吠的都是狗。”刚才那位不无恼火地回答说，“您说猴子更像猫，而我说，它既可以当猫，也可以当狗——其实都差不多。”

“当鸟也一样！”猴子的女主人补充说。

“不行！当鸟不行！”

这时候，另一位等着买票的旅客插嘴说：

“我可以提个建议吗？”

众人的目光一下子全都转向他。

“以‘像’与否作为标准，你们永远别指望吵出个结果。鸟是鸟，猫是猫，狗是狗。”

“猴子是猴子，那又怎么样？”

“只要先生们在收费表上增加一项，一切都能迎刃而解。”

“那么她要付比狗更高的船费。”

“猴子是最像人的动物，比方说，这只猴子完全可以作为她的儿子乘船。”

“作为我的儿子？”姑娘勃然大怒，“先生怎能说出这种话来？我还没有结婚呢……若说它像人，可能像您，像您的全家！”

“请原谅，”旅客彬彬有礼对姑娘说，“我丝毫没有骂小姐的意思。我是说，像猴子这样大小的孩子乘船无须付钱，可以免费携带。”

最后，决定请示公司经理。经理满怀兴致地听完事情的原委，看了看猴子，看了看它的女主人，又环视了一下周围看热闹的人们，斩钉截铁地说：

“按猫收费！”

问题遂告解决，但经理又小声补充了一句：

“我应当说——不知你们注意到了没有——那不是只公猴，而是只母猴！”

躺在草坪上的姑娘

［巴西］安德拉德

一位年轻的姑娘平躺在绿茵茵的草坪上。

一切是那么和谐，那么优美。我目不转睛地注视着她，禁不住喃喃自语：“躺在草坪上的姑娘。躺在草坪上的姑娘。草坪，草坪。”这情，这景，令我陶醉。在当今生活中，不是任何东西都会使我陶醉的，特别是在下午这个时辰。她躺在那儿，全然不顾周围穿梭往来的车辆，不顾那些怀着痛苦的或是愉快的心情匆匆来去的人们。她以她平躺着的姿势，真真切切地令我陶醉。

姑娘丝毫没有存心展示自己的意思，只是将松弛的躯体和平静的心神结合在一起，完完全全沉浸在一片纯净的境地。谁想瞧，就瞧吧。她既不理会人们固有的习惯，也没有想到要向那些习惯挑战。仅仅躺在草坪上，闭着眼睛，双手放在额头上。那蓝色的连衣裙，白色的鞋子，还有手镯、戒指，显得很和谐而秀美。她的双腿自如地伸展着，没有一点放荡的样子。

她睡着了？不！那微小的动作说明她醒着，不过动作小得让人感觉到她不想动弹，只想继续躺在那楼房阴影中的草坪上。

这场面很吸引人。我决定停下来，好好欣赏一下这位姑娘，就像欣赏公园里的塑像。当然，她并不是一动不动的，她正甜美地呼吸着。啊，随着均匀的呼吸，姑娘的胸脯在轻轻地起伏着。让人想起她那血管里流动的血液，是那么奔放；可又那么平静，似乎它也想在草坪上休息，永远享受那突然得到的幸福。

一位巡警走过来，弯下腰，轻轻地拍了一下姑娘的肩膀。她睁开眼睛，微笑着问：

“你也想躺在这儿，享受傍晚的美妙时光？这样确实很舒适。”

他显得有点不知所措，断断续续地回答：

“不，姑娘……对不起。是这样，小姐，……劳驾，能否起来一下？”

“为什么要起来？这样多好啊！”

“小姐不能这样待在这里。你起来吧，我在请求你。”

“为什么？我这样躺着感到很舒服，这样很好，你看那边的那个男人，他也躺在草坪上。”

“他不一样，小姐不明白吗？”

“我明白，他是男人。那又怎么啦？男人可以躺，女人就不可以？”

“当然，要说可以不可以，谁也不可以，因为这里禁止躺人。但那个男人，他是个乞丐……”

“噢，现在我明白了。男人和乞丐有权躺在草坪上，可女人，有正当职业，付所得税、房产税、垃圾税、工会费的人就不可以。是这样吗，先生？”

“上帝呀！姑娘，我怎么能这样说呢？只是，我工作了十来年，还是第一次看见像你这样一位穿着整齐、端庄大方的小姐这样躺在草坪上。我认为，对不起，你学那些既让人同情又让人嫌弃的乞丐并不太好……”

“你就当我是乞丐好了。”姑娘狡黠地一笑。

“为小姐自己着想，还是不要这样冒险。”

“我认为我并不是在冒险，因为有先生在这儿保护着。”

“谢谢。我只能保护到一定的程度。也许在我离开以后，会来个什么人抢走你的手表、手提包和其他东西。”

“我了解自己，我的上帝。我学过武功。”

“对，可那也不容易。小姐还是起来吧，以法律的名义。”

“等等，要么大家都起来，要么让我继续躺着吧，以人人平等的法律的名义。”

“这样的法律我没有听说过，小姐。我不可能了解所有的法律。小姐刚才说的法律大概还没有实行。”

“可应该实行呀！不管早晚，会实行的。”

“你不起来？”

“不！”

他挠着头。如果把她拉起来，那就是强制行动，况且她会反抗，招来周围的人，把事情闹大。最终，她也没有做什么越轨的或捣乱的事。另一方面，姑娘也没有像他想象中的那样穿着带神秘色彩的透明纱……

“小姐，你不应该对我做出这样的事。”

“什么事？”

“把我置于这种境地。”

“我什么也没有做，我正在这儿躺着，你过来了……”

“和女人打交道太难了，她们永远有理。”

“这样吧，先生就当没有看见我，离开这儿。我过会儿再走开，只十分钟。别让人觉得我在向你让步。”

“你爱躺多长时间就躺多长时间吧，”他下了决心，“小姐刚才说的关于平等的法律，就让我们开始实行吧。那边的乞丐可要让他走开，他已享受了足够的平等，现在该走了！”

邂逅

［巴西］维里西莫

她发现他对着几瓶进口葡萄酒若有所思。她想改变方向，但为时已晚，车子在他脚边停下了。他看了她一眼，最初毫无表情，继而露出吃惊的神色，接着显得有点慌乱无措，最后俩人微微一笑。他们做过六年夫妻，一年前分居了。自从分道扬镳之后，这是第一次邂逅。俩人笑了笑，几乎同时说了话，不过还是他先开口的："你就住在这儿?""在爸爸家。"

在爸爸家？他摇摇头。他的汽车里装着罐头、饼干，还有许多瓶酒。他装作在车里整理什么，无非是免得让她看出他那副激动的样子。

他听说岳父死了，但没有勇气去参加葬礼。那是在刚刚分居以后，他没有勇气去向这女人表示礼节性的同情，因为恰恰在一个星期以前，他轻蔑地称她是"母牛"。他说什么来着?"你是条没心肝的母牛!"其实她一点儿也不像母牛，而是个苗条女人，可当时他没有想出别的侮辱的词儿来。那是他说的最后一句话。她呢，管他叫"装腔作势的人"。他想最好别问她妈妈了。

"你呢?"她依然挂着笑容问。

她还是那么俏丽。

"我在附近这儿有个套间。"他没有去参加老人的葬礼，他做对了。第一次见面是这个样子，夜深人静的时候在超级市场不拘礼节地见面，这样更好。可天都这么晚了，她在这儿干什么呢?

"你总是深更半夜买东西?"

"老天，"他想，"她会把我的问话当做讽刺吧?"这恰恰是他们夫妇的一件麻烦事，他从来不知道她会怎么样理解他所说的话，就因这个，他竟然叫她"母牛"。这个侮辱性的词毫无疑问地说明他轻视她。

"不是，不是，是跟几个朋友在家里聚会，决定做点儿吃的，可家里什么也没有。"

"真是巧极了！我也有客来访，来买点喝的、肉饼什么的。"

"竟有这么巧的事!"

她刚说的那几个朋友，是他们俩在一起时的什么人吗？是经常见的那几个人吗？他可是再也没有见过他们。她向来比他善于交际。不过谁知道是不是男朋友呢？她是个漂亮、苗条的女人，当然可能有情人，这条母牛。

她呢，也在想：他厌恶凑热闹，厌恶走亲访友。在他看来，所谓消遣就是到爸爸家里玩纸牌。可现在竟然请朋友到家做客了。也许是女朋友吧？不管怎么说，他还算年轻……大概是让女朋友待在房间，他来买东西了。怪不得正买进口葡萄酒呢，这个装腔作势的家伙。他思量，她不想我。她家里高朋满座。看见她时我有点慌乱，她大概觉察到了，以为我怀念着她。我可不会让她称心如意，不，小姐。

“我存的酒快喝完了，总有客人来。”他说。

“我们家也是接连有聚会。”

“过去你就一向喜欢搞聚会。”

“你可不喜欢。”

“人都在变，是不是？改变自己的习惯……”

“当然。”

“如果你再和我一起生活，会认不出我来的。”

她依然笑容可掬地说：“愿上帝饶了我吧。”

六年期间他们相亲相爱。一个离开另一个，俩人谁也不能活。朋友们说：这俩人，如果有谁死了，另一个就会自杀。可朋友们不知道，他们一直受到误解的威胁。他们相爱，但互不理解。好像是爱情有更强大的力量，代替了理解。他说的话她能理解，可他什么也不愿意说。

俩人一块儿走到收款台。他没有主动提出为她付账，反正她招待朋友用的是他转给她的抚恤金。他想问问她母亲怎么样；她呢，想问他感觉如何，腰酸的毛病又犯过没有。两个人刚要同时开口说话，却又笑了，接着便什么也没有再说就分手了。

回到家里，她听见妈妈躺在床上嘟哝，说她一定得改改那套半夜三更买东西的习惯，应该交朋友，做点事，不要老是哀叹失去了丈夫。她一言不发，收好买回的东西就睡了。

他回到房间，打开一盒肉饼、饼干和一瓶葡萄牙的葡萄酒，孤零零地吃着、喝着，一直待到有了睡意，便躺下了。

睡着前她想道，这个装腔作势的家伙。

睡着前他想道，这条母牛。

遭　遇

［墨西哥］帕斯

我回到家，恰好在开门的当儿，我看见我走出来。我出于好奇，便决定跟踪我。陌生人（我经过考虑才用了这个字眼）下了楼梯，穿过街门上了街。我想追上去，但是他加快了脚步，跟我加快脚步用的步调完全一样，结果我们之间的距离始终如一。走了一阵后，他停在一个小酒吧前，随后走进了酒吧的红门。几秒钟后我也赶到了柜台前，坐在他旁边。我随便要了一杯饮料，一面偷偷地瞟着柜橱里那一排排瓶子、镜子、破地毯、小黄桌和一对悄悄交谈的男女。我突然转过身来久久地注视着他。他面红耳赤，不知所措。我一面望着他，一面想（我确信他听见了我的想法）："不，你没有权利。你来得晚一点，我比你来得早。你没有假装我的借口，因为这不是假装的问题，完全是取代。不过，我还是希望你自己明白……"

他淡淡地一笑，好像不明白。他竟然和身边的人交谈起来。我克制着怒火，轻轻地拍了一下他的肩，对他说：

"你别目中无人，你别装蒜。"

"我恳求你原谅，先生，我不认识你。"

我想趁他心慌意乱的时候一下子把他的面具扯下来：

"要像个男子汉，朋友，好汉做事好汉当。我要教你明白不要自讨没趣，干涉别人的事……"

他粗暴地打断我的话说：

"你误会了。我不明白你说的是什么。"

一位顾客插进来说：

"肯定是你搞错了。再说，这也不是待人处世的方式。我认识这位先生，他不可能……"

他听了很满意，便微微一笑，大胆地拍了拍我的肩膀说：

"真有意思。不过，我觉得好像在哪儿见过你。只是我说不清是在哪儿。"

他开始询问我的童年、我的出生情况和关于我生平的其他细节。不，好像我讲的任何事情都不能使他回忆起我是谁。我只是微微一笑。大家都觉得他挺和气。我们喝了几杯。他善意地望着我。

"你是外乡人，先生，你不要否认。我可以保护你。我会让你了解联邦区墨西哥城的!"

他那么平静使我不能容忍。我几乎含着眼泪揪住他的衣领，摇晃他，叫道：

"你真的不认识我吗？不知道我是谁吗?"

他狠狠地推了我一把：

"不要对我讲这些蠢话。不要在这儿捣乱，别寻衅闹事了!"

周围的人都不满意地望着我。我站起来对他们说：

"我向诸位解释一下此事。这位先生欺骗了你们，他是个骗子。"

"你是个白痴，是个疯子。"他叫道。

我向他扑去。不幸的是，我滑倒了。当我扶着柜台想爬起来时，他劈头盖脸地给了我一顿拳头。他一声不响，怒火中烧，死劲地揍我。

酒吧侍者劝解说：

"算了吧，他喝醉了。"

人们把我们拉开。我被架出店外，扔在了街上。

"你要是再回来，我们就去叫警察。"

我的衣服破了，嘴巴肿了，舌头也干了。我吃力地吐了一口痰。浑身疼痛。我一动不动地待了一会儿，窥伺着机会。我想找块石头，找件武器。但是什么也没找到。店里的人在笑，在唱。那一对男女走出来，女的恬不知耻地看了看我，大笑起来。我感到孤独，感到被赶出了人的世界。我先是怒不可遏，随后便觉得无地自容。不，我还是回家吧，回家等待另一个机会。我开始慢吞吞地往回走。在路上，我心中产生了一个使我至今不能安眠的疑团："假若不是他，而是我……"

午 餐

［英国］毛姆

在剧场，我看见她。应她召唤，幕间休息时，我坐到了她的旁边。自上次相见，已好长一段时间了，如没人提起她的名字，我是不会即刻认出的。她和我扯起来，满面春风。

“呀，一晃经年，时间真快啊！我们都老了，还记得我们初次相见的情景吗？你还请了我共进午餐呢！”

还能记得吗？

那是二十年前在巴黎的事了。当时，我住拉丁·圭哈特区一家小公寓，生活仅能维持生计而已。她读了我的一本著作，并写信给我谈起它。我回信给她表示感谢。不久，我又收到她的一封来信，讲她要途经巴黎，希望与我扯一扯，然而她时间有限，仅能腾出下周四，且一个上午她得待在卢森堡宫。她问我能否在弗尤特饭店与她共进午餐。这弗尤特饭店可是政客们光顾的地方，远非我的进项可抵，平时我连想也不敢想。然而我已接受了她的奉承又没有学会推诿此类事情，何况我还有八十个法郎可撑到月底，一顿简单的午饭谅也花不了十五法郎，再说十五法郎也就我两周的咖啡钱。

于是，我回信答复她下周四十二点半在弗尤特饭店相见。她没有我所想象的那样年轻，虽仪态优雅却无动人风姿。实际上，她年龄已四十了，这是女人最富魅力的时候，但她却不能使人顿生爱慕，她的又大又白的牙齿整齐地排列着，然而却有点多余之嫌。她奔放健谈，乐于谈论我的事，于是我只有洗耳恭听的分了。

菜单递过来了，我心直跳，因为菜价远远超出了我之所料，不过还是她使我放心下来。

“午餐我向来不吃东西。”她说。

“别这么说！”我大大方方地说。

“一样就够了，我从不多吃。我认为现在人们吃得太多。或许，一份鱼就够，不知道有没有大马哈鱼？”

唉，真是的，吃大马哈鱼还为时过早，菜单上也没有。但我还是问侍者有没有。这下可绝了，他们刚进了一条又鲜又美的大马哈鱼，这是饭店今年首次进货。于是我为客人要了一份。侍者又问是否还要别的什么烹在鱼里。

“不用了。”她道，“我从不多吃，一样就够了。不过加点鱼子酱也未尝不可。”

我的心一沉。鱼子酱我是付不起的，可我不能告诉她这些。我就吩咐侍者一定搞点来。而我自己，则拣了最便宜的烧羊排。

“吃肉食可不好，你太不会吃了。”她说，“我真不知道你吃了这类难消化的食物后怎样去工作。我认为把肚子填得满满的不是好事。”

接下来轮到喝点什么了。

“午餐我从来不喝什么的。”

“我也是。”我附和道。

“要不来点白酒吧，”好像没听到我讲似的，她说着，“法国酒较清淡，很益于消化。”

“那来点什么呢？”我仍然热情，但有点勉强。

她露齿一笑，冲着我，欢快而温柔。

“医生不许我喝酒，来点香槟吧！”

昂贵的香槟酒！我想当时我的脸肯定微白了。我要了半瓶香槟，不经意地点到医生不允许我沾香槟。

“那您呢？”

“喝点水就行了。”

吃着鱼子酱，大马哈鱼，她侃侃而谈，涉及文学、美术、音乐，但我脑子里装的却是账单上该付多少钱。侍者端上了我的那份，她更是煞有介事地说羊排不好。

“看得出你有重食的习惯，这对健康不好。为什么不像我只吃一样呢？那样，你感觉会更好一点。”

“我是要只吃一份的。”我答道。这时侍者又拿着菜单走过来了。

她风姿绰约地朝侍者摆摆手，侍者立在她的身旁。

“不，不要了。我从不多吃的，这点就够了。我吃点东西只是想借此谈谈话，别无他求。除了芦笋，我是一点不能进了。如果到巴黎而没尝尝芦笋，那可真是憾事一桩。”

我的心又一沉。我在商店见过大芦笋，价钱高得惊人。看到它，口水直流。

“夫人问有没有大芦笋。”我问道。

他们没有该多好！但侍者偏偏说有，一张谦和的笑脸。他说他们的芦笋又大又鲜，很难得。

“我一点也不饿。”她叹了口气，“唉，既然你这样盛情，我就来点吧。”

我给她点了这道菜。

“你不来点吗？”

“不，我从不吃芦笋。”

“我知道，有些人不喜欢吃，因为他们吃肉太多伤了胃口！”

我们等着芦笋。这过程，惧怯攫住了我。因为现在问题已不是我还有多少钱能撑到月底，而是我能否付起饭钱的问题了。要是我缺十法郎而不得不向客人借，那是很丢人的，这事绝对不能干。我很清楚自己的钱数，如果账款多于我的钱数，我就决计把手放进口袋里，而后戏剧性地突叫一声蹦起来就说我的钱包丢了。当然万一钱不够，那就显得尴尬了，剩下就只好把我的手表抵出去，然后再来赎。

芦笋上来了，又大又香，看她津津有味地吃着，那香味直钻鼻孔。可出于礼貌，我还得跟她扯扯巴尔干半岛诸国的戏剧。终于，她吃完了。

“要不要咖啡？”我问她。

“好啊，来点咖啡冰淇淋吧。”她答应着。

此时我已无所顾忌了，就给她要了点冰淇淋，又给我要了点咖啡。

“你知道吗？有一点我可以完全相信。”她一边吃，一边道，“一个人越想少吃，他就越能吃。”

“还饿吗？”我无力地问道。

“哦，一点不饿。早晨喝杯咖啡，午餐随便吃点，然后就等着吃晚饭。你说呢？”

“哦，知道了！”

然而，麻烦事又来了。我们等咖啡时，侍者又满面笑容地扛着一大篮鲜桃走了过来。桃子又鲜又红，宛如少女红扑扑的脸颊，有着意大利风景画的明快色调。而那会，桃子还没正儿八经上市呢，天知道有多贵。不一会，我也知道了，因为我的客人一边闲聊着，一边漫不经心地拿起了一个桃子。

“看，你胃里满是肉（我那可悲的一点羊排），就再也装不下别的东西了，而我不过小吃一点，所以还可以来一个桃子。”

最后，账单摆上来了。付钱时，我发现我剩下的那点子儿还不够付小费。我给了侍者三法郎小费，她盯着那钱，眼神里写着我太小气了。走出饭店，我已一文不名了，剩下的一个月可怎么过？

“学着点。”握手分别时她说道，“午餐尽量少吃点，只来一份。”

“我会做得比这更好。”我回答道，“晚餐我不吃了！”

“真幽默！”她欢快地叫道，“可真是个天才的幽默家！”

但我最后还是出了这口气。我相信我不是一个报复狂，但当神灵插手其中微观这后果时，难道我不值得宽容吗？——我的这位朋友现在体重已达二百九十四磅了。

穷人的专利权

［英国］狄更斯

我这个人向来是不习惯写什么东西发表的。一个工人，每天（除了有几个礼拜一、圣诞节以及复活节之外）干活从来不少于十二或十四小时，情况可想而知！既然是要我直截了当地把想说的话写下来，那我也只好拿起纸笔尽力而为了，不妥之处还希望能得到谅解。

我出生在伦敦附近，不过，自从满师之后就在伯明翰一家工场做工（你们叫工厂，我们这儿叫工场）。我在靠近我出生地但脱福特当学徒，学的是打铁的行当。我的名字叫约翰。打十九岁那年起，人家看我没几根头发，就一直管我叫“老约翰”了。现时我已经五十六岁了，头发并不比上

精品文学书系

面提到的十九岁的时候多，可也不比那时候少，因此，这方面也没有什么新的情况好说。

下一个四月是我结婚三十五周年。我是万愚节那天结婚的。让人家去笑话我的这个胜利品好了。我就是在那天赢了个好老婆的。那一天可真是我平生最有意思的日子哩。

我们总共生过十个孩子，活下来六个。我的大儿子在一条意大利客轮上当机师，这条船的招牌叫做“曼佐·纪奥口号”，往返马赛、那不勒斯，停靠热那亚、莱格亨以及西维太·范切埃。他是个好工匠，发明过许多很派用场的小玩意儿，不过，这些发明却从来没有给过他一丁点好处。我还有两个儿子，一个在悉尼，一个在新威尔士，全都干得挺不错，上回来信的时候都还没有成家呢。我另外一个儿子（詹姆士）想法有点疯疯癫癫，居然跑到印度去当兵，就在那里挨了颗枪子儿，肩胛骨里嵌着粒子弹头，在医院里躺了六个礼拜，这还是他自己写信告诉我的。几个儿子当中要数他长得顶俊。我有个女儿（玛丽）日子过得蛮舒服，可就是得了个胸积水的毛病。另一个女儿（夏洛蒂），让她丈夫给遗弃了，那事儿可真卑鄙到了极点，她带了三个孩子跟我们一起过。我最小的一个孩子，这会儿才六岁，在机械方面已经很有点爱好了。

我不是个宪章派，从来就不是。我确实看到有许许多多的公共弊病引起大家的怨恨，不过我并不认为宪章派的主张是纠正弊端的什么好办法。我要是那么认为的话，那可就真的成了宪章派了。可我并不那么认为，所以我也就不成其为一名宪章派。我阅读报纸，也上伯明翰我们称为“会堂”的地方去听听讨论，所以，我认得宪章派的许多人。不过，各位请注意，他们可全都不主张凭蛮力解决问题。

要是我说自己向来有创造发明的癖好，这话也不好算是自吹自擂（我这个人要是不当即把想到要说的话统统记下来，就没有办法把整个事情写完全）。我发明过一种螺丝，挣了二十镑钱，这笔钱我这会儿还在用。整整有二十年工夫，我都在断断续续地搞一样发明，边搞边改进。上一个圣诞节前夜十点钟，我终于完成了发明。完成之后，我喊我妻子也进来看一看。这时候，我跟我妻子站在机器模型旁边，眼泪簌簌地落到它身上。

我的一位名叫威廉·布彻的朋友是个宪章派，属于温和派。他是位挺棒的演说家，谈锋相当雄健。我经常听他说，咱们工人之所以到处碰壁，就是因为要奉养长期以来形成的那些多如牛毛的衙门，就是因为咱们得遵从官场的那些弊习陋规，还得缴付一些根本就不应当缴付的费用去养活那些衙门的人。“不错，”威廉·布彻说，“全体公众都分担了一份，但是工人的负担最重，因为工人仅有糊口之资；同样道理，在一个工人要求匡正谬误，伸张正义的时候，谁要是给他设置障碍，那可就是最不公平的事了。”各位，我只不过是笔录威廉·布彻所说。他是在演说里刚刚这么说过的。

现在，回头再来说说我的机器模型。那是在差不多一年之前的圣诞节前夜十点钟完成的。我把凡是能节省下来的钱统统都用在模型上了。碰上时运不济，我的女儿夏洛蒂的孩子生病，或者祸不单行，两者俱来，模型也就只好搁在一旁，一连几个月也不会去碰它。我还把它统统拆卸开来，加以改进，再重新做好，这样不知道弄过多少回，最后才成了上面所说的模型的样子。

关于这个模型，威廉·布彻和我两个人在圣诞节那天作了一次长谈。威廉是个很聪明的人，不过有时候也有点怪脾气。他说：“你打算拿它怎么办，约翰？”我说：“想弄个专利。”威廉说：“怎么个弄法，约翰？”我说：“申请个专利权呗。”威廉这才说给我听，有关专利的法律简直是坑死人的玩意儿。他说：“约翰，要是在取得专利之前你就把发明的东西公之于众，那么，别人随时都会窃走你艰苦劳动的成果，你可就要弄得进退两难啦。约翰你要么干一桩亏本买卖，事先就请好一批合伙人出来承担申请专利的大量费用，要么你就让人给弄得晕头转向，到处碰壁，夹在好几批合伙人中间又是讨价还价，又是摆弄你发明的玩意儿。这么一来，你的发明很可能就一个不当心让人给弄走。”我说：“威廉·布彻，你想得挺怪的，你有时是想得挺怪。”威廉说：“不是我怪，约翰，我把事情的真实情况给你说说。”于是他进一步给我讲了一些详细情况。我对威廉·布彻说，我想自己去申请专利。

我的姻兄弟，西布罗密奇的乔治·贝雷（他的妻子不幸染上了酗酒的恶习，弄得倾家荡产，先后十七次关进伯明翰监狱，最后病死狱中，万事皆休），临死的时候遗留给我的妻子、他的姊妹一百二十八镑零十先令的英格兰银行股票。我和我妻子一直还没有动用过这笔钱。各位，咱们都会老的，也都会丧失工作能力。因此，我们俩都同意拿这个发明去申请专利。威廉·布彻替我写了一封信给伦敦的汤姆斯·乔哀。这位汤姆斯·乔哀是个木匠，身长六英尺四英寸，玩掷绳圈的游戏最内行。他住在伦敦的契尔西，靠近一座教堂边上。我在工场里请了假，等我回来的时候好恢复工作。我是个好工匠。我并不是禁酒主义者，可是从来没有喝醉过。过了圣诞假期，我乘“四等车”上了伦敦，在汤姆斯·乔哀那里租了一间为期一个礼拜的房子。乔哀是个结过婚的人，有个当水手的儿子。

汤姆斯·乔哀说（他从一本书里看来的），要申请专利，第一步得向维多利亚女王提交一份申请书。威廉·布彻也是这么说，而且还帮我起了草稿。各位，威廉可是个笔头很快的人。申请书上还要附上一份给大法官推事的陈述书，我们也把它起草好了。费了一番周折以后，我在靠近司法院法官弄的桑扫普顿大楼里找到了一位推事，在他那儿提出了陈述书，付了十八便士。他叫我拿着陈述书和申请书到白厅的内务部去。（找到这个地方之后）把这两份东西留在那里请内务大臣签署，缴付了两镑两先令又六便士。六天后，大臣签好了字，又叫我拿到首席检察官公署去打一份调查报告。我照他说的去办了，缴付了四镑四先令。各位，我从头到尾碰到的这些人可以说没有一个在收钱的时候是表示感谢的，相反，他们全是些毫无礼貌的人。

我临时住在汤姆斯·乔哀那里，租期已经展延了一个礼拜，这会儿五天又过去了。首席检察官写了一份所谓例行调查报告（就像威廉·布彻在我出发之前跟我讲的那样，我的发明未遭反对，获得顺利通过了），打发我带着这份东西到内务部根据它搞了个复本，他们把它叫做执照又要送到女王面前去签署，女王签署完毕，再发还下来。内务大臣又签了一次。我到部里去拜访的时候，里面的一位绅士先生把执照往我面前一掷，说：“现在你拿着它到设在林肯旅社的专利局去。”我现在已经在汤姆斯·乔哀那里住到了第三个礼拜了，费用挺大，我只好处处节俭过日子。我感到自己都有点泄气了。

在林肯旅社的专利局里，他们替我的发明搞了一份“女王法令草案”的东西，还准备了一份“法令提要”。就为这份东西，我付了五镑十先令六便士。专利局又“正式誊写两份法令文本，一份送印章局，另一份送掌玺大臣衙门”。这道手续下来，我付了一镑七先令六便士，外加印花税三镑。这个局里的誊写员誊写了女王法令准备送呈签署，我付了他一镑一先令。再加印花税一镑十先令。接下来，我把女王法令再送到首席检察官那儿签署。我去取的时候，付了五镑多。拿回来后，又送给内务大臣。他再转呈女王。女王又签署了一次。这道手续我又付了七镑十六先令六便士。到现在，我待在汤姆斯·乔哀那儿已经超过了一个月。我都不大有耐心了，钱袋也掏得差不多了。

汤姆斯·乔哀把我的全部情况都告诉了威廉·布彻。布彻又把这事儿说给伯明翰的三个“会堂”听，从那儿又传到所有的“会堂”，我还听说，后来竟传遍了北英格兰的全部工场。各位，威廉·布彻在他所在的“会堂”做过一次演讲，还把这件申请专利的事说成是把人们变成宪章派的一条途径呢。

不过，我可没那么干。女王法令还得送到设在河滨大道上桑莫塞特公馆的印章局去——印花商店也在那里。印章局的书记搞了一份“供掌玺大臣签署的印章局法令”，我付了他四镑七先令。掌玺大臣的书记又准备了一份“供大法官签署的掌玺大臣法令”，我付给他四镑两先令。“掌玺法令”转到了办理专利的书记手里，誊写好后，我付了他五镑七先令八便士。与此同时，我又付了这件专利的印花税，一整笔三十镑。接着又缴了一笔“专利置匣费”，共九镑零七便士。各位，同样置办专利的匣子，要是到汤姆斯·乔哀那里，他只要收取十八个便士。接着，我缴付了二镑两先令的“大法官财务助理费”。再接下来，我又缴了七镑十三先令的“保管文件夹书记费”。再接着，缴付了十先令的“保管文件夹协理书记费”。再接下来，又重新给大法官付了一镑十一先令六便士。最后，还缴付了十先令六便士的“掌玺大臣助理及封烫火漆助理费”。到这时，我已经在汤姆斯·乔哀那里待了六个礼拜了。这件获得顺利通过的发明已经花掉了我九十六镑六先令十八便士。这还仅仅在国内有效。要是带出联合王国的境界，我就要再花上三百镑。

要知道，在我还年轻的那会儿，教育是很差劲的，即使受了点教育，也是十分有限的。你可能会说这事儿对我可太糟了。我自己也这么说。威廉·布彻比我年轻二十岁，可他懂的东西比我足足要多出一百年。如果是威廉·布彻给他自己的发明申请专利，也让人给从这个衙门到那个衙门这么推来搡去的，他可就不会像我这么好对付。各位，威廉这个人有时是有股倔脾气的，要知道，搬运夫、信差和做文书的都有那么点倔脾气。

我并不想拿这个说明，经过申请专利这件事，我已经厌倦了生活。不过，我要这么说，一个人搞了一件巧妙的技术革新总是桩好事吧，可是竟弄得他像是做了什么错事似的，这公平吗？一个人要是到处都碰上这种事，他不这么想又叫他怎么想呢？所有申请专利的发明家都会这么想的。你再看看这些花销。一点事情都还没有办成，就让我这样破费，你说这有多刻薄；要是我这个人有点才能的话，这对整个国家又是多么刻薄！（我要感激地说，现在我的发明总算被接受啦，而且还应用得不错呢。）你倒帮我算算看，花掉的钱多达九十六镑七先令八便士哪。不多也不少，是花了这么多钱。

关于这么多的官职的问题，我实在拿不出话来反驳威廉·布彻。你瞧：内务大臣、首席检察官、专利局、誊缮书记、大法官、掌玺大臣、办理专利书记、大法官财务助理、主管文件夹书记、主管文件夹协理书记、掌玺助理，还有封烫火漆助理。在英国，任何一个人想要给哪怕是一根橡皮筋或是一只铁箍申请个专利，也不得不跟这一长串衙门打交道。其中有的衙门，你还要一遍又一遍地同它们打交道。我前后就总共费了三十六道手续。我从跟英王宝座上的女王打交道开始，到跟封烫火漆助理打交道结束。各位，我倒真想亲眼瞧瞧这位封烫火漆助理究竟是个人呢，还是个别的什么玩意儿。

我心里要说的，我都说了。我把要说的都写下来了。我希望自己所写的一切都清楚明了。我不是指的书法（这方面我没有什么好自夸的），我是指这里边的意思。我想再说说汤姆斯·乔哀作为结束吧。咱们分手的时候，汤姆斯跟我讲过这么句话："约翰，要是国家法律真的像它所说的那么公平正直的话，你就上伦敦吧——给你的发明弄一份精确详尽的图解说明——搞这么一份东西大概要花半个五先令银币——凭这份东西你就可以办好你的专利了。"

我现在的看法可就跟汤姆斯·乔哀差不离了。还不止如此呢。我都同意威廉·布彻的这个说法："什么'文件夹主管'，还有'封烫火漆主管'，那一帮子人都非得废除不可，英国已经叫他们给愚弄糟蹋够了。"

第一位委托人

［英国］特雷恩

约翰·史密斯的律师事务所里还散发着油漆味。事务所今天早晨才开张，年轻的律师正坐在大办公桌后面，等待着他的第一位委托人。

“第一位委托人会是什么样的呢？一个女子还是一个男人？一个大企业家还是一个普通老百姓？不管是什么人，我决不让他或她知道自己是第一位委托人。”约翰寻思着，“谁也不愿当第一个，不论是在医生还是在律师那儿。如果一个才开张的律师事务所就异常忙碌，那肯定会使人们立刻信任律师的水平。”

正在他沉思默想的时候，半掩的门上响起了叩门声。接着，一位头发灰白、衣着朴素的男子走了进来，约翰心想，这是一个普通人，他会给我带来好运的：谁同老百姓一起耕作，谁就会获得丰收。

“请原谅……”来人说。

约翰迅速拿起面前线路还未接通的电话。“对不起，请坐一会好吗？我有两个要紧的电话要打。”他胡乱地拨了个号码，静静地等了一秒钟，然后自报了姓名。

“我……”来人想打断他的话。

约翰一挥手：“请稍候，先生。我马上接待你。”他清了清嗓子，对着话筒说，“是的，我是史密斯律师。我可以同五金工人工会主席弗普思先生通话吗？……他不在？那么是否可以今晚六点和他会晤……什么？是的，是为了机修工迪克逊提出的权益要求的那件事……您说什么？很抱歉，不行，再早我不行。今天下午我要等好几位委托人……好吧，那就六点钟。再见！”“律师先生……”来人说。“好吧，”史密斯亲切地微笑着说，“您要是那么着急的话，另一个重要电话我停会儿再打。您要委托我办什么案子，先生？”

来人走近几步，报以同样亲切的微笑："是的，我很着急。您也知道，干什么工作都是这样。我是电信局的，要为您的电话接上线。"

逗 乐

［法国］莫泊桑

世界上有什么事情比开玩笑更有趣、更好玩？有什么事情比戏弄别人更有意思？

啊！我的一生里，我开过玩笑。人们呢，也开过我的玩笑，很有趣的玩笑！对啦，我可开过令人受不了的玩笑。

今天我想讲述一个我经历过的玩笑。

秋天的时候，我到朋友家里去打猎。当然喽，我的朋友是一些爱开玩笑的人。我不愿结交其他人。

我到达的时候，他们像接待王子那样接待我。这引起我的怀疑。我对自己说："小心，他们在策划着什么。"

吃晚饭的时候，欢乐是高度的，过头了。我想："瞧，这些人没有明显的理由却那么高兴，他们脑子里一定想好了开一个什么玩笑。肯定这个玩笑是针对我的。小心。"

整个晚上人们在笑，但笑得夸张。我嗅到空气里有一个玩笑，正像狍子嗅到猎物一样。我既不放过一个字，也不放过一个语调、一个手势。在我看来一切都值得怀疑。

时钟响了，是睡觉的时候了，他们把我送到卧室。他们大声冲我喊晚安，我进去，我关上门，并且我一直站着，一步也没有迈，手里拿着蜡烛。

我听见走廊里的笑声和窃窃私语声。毫无疑问，他们在窥视我。我用目光检查了墙壁、家具、天花板、地板。我没有发现任何可疑的地方。我听见门外有人走动。一定是有人从钥匙孔朝里看。

我突然想起："也许我的蜡烛会突然熄灭，使我陷入一片黑暗之中。"

于是，我把壁炉上所有的蜡烛都点着了。然后我再一次打量周围，但还是没有发现什么。我迈着大步绕房间走了一圈——没有什么；我走近窗户，百叶窗还开着，我小心翼翼地把它关上，然后放下窗帘，我并且在窗前放了一把椅子，这就不用害怕有任何东西来自外面了。

于是我小心翼翼地坐下。扶手椅是结实的。然而时间在向前走，我终于承认自己是可笑的。

我决定睡觉。但这张床在我看来特别可疑。于是我采取了自认是绝妙的预防措施。我轻轻地抓住床垫的边沿，然后慢慢地朝我面前拉。床垫过来了，后面跟着床单和被子。我把所有这些东西拽到房间的正中央，对着门。在房间正中央，我重新铺了床，尽可能地把它铺好，远离那张可疑的床。然后，我把所有的烛火都吹灭，摸着黑回来，钻进被窝里。

有一个小时我保持醒着，哪怕最小的声音我也打哆嗦。一切似乎是平静的。我睡着了。

我睡了很久，而且睡得很熟；但突然之间我惊醒了，因为一个沉甸甸的躯体落到了我的身上。与此同时，我的脸上、脖子上、胸前被浇上一种滚烫的液体，痛得我号叫起来。

落在我身上的那一大团东西一动也不动，把我压得喘不过气来。我伸出双手，想辨明物体的性质。我摸到一张脸，一个鼻子。于是，我用尽全身力气，朝这张脸上打了一拳。但我立即挨了一耳光，使我从湿漉漉的被窝里一跃而起，穿着睡衣跳到走廊里，因为我看见通向走廊的门开着。

啊，真令人惊讶！天已经大亮了。人们闻声赶来，发现男仆人躺在我的床上，神情激动。原来，他在给我端早茶来的路上，碰到了我临时搭的床铺，摔倒在我的肚子上并把我的早点浇在我的脸上。

我担心会发生一场笑话，而造成这场笑话的，恰恰正是关上百叶窗和到房间中央来睡觉这些预防措施。

那一天，人们笑够了！

一个讨厌的犯人

［法国］莫泊桑

在摩纳哥，一个男人杀死了他的妻子，被判处死刑。但是，奇怪得很，摩纳哥却没有施刑的刑具。

人们围绕如何处置犯人的问题讨论了很久，都没有想出一个可行的办法来。

最后，国王提议将犯人由死刑减判为无期徒刑。大家也同意了这项建议。可是，关押犯人的监狱也没有呢！国王只好下命令建造一座监狱，并且指派了一名狱吏看守犯人。

最初几个月，一切都很顺利。犯人整天躺在囚室的草褥上睡大觉，看守也坐在门口的椅子上无所事事，瞧着过往的行人渐渐进入梦乡。然而，国王是挺讲究节约的，他十分注意国家那些极为细小的开支。哪怕这些开支少得可怜，他也总是斤斤计较。也许这正是他的一个小小过失。

有人把监狱开支的清单送交给国王。上面列有：监狱维修、供养犯人、支付看守……看守的薪金大大增加了国王的开支。国王转动着眼珠琢磨着。他想：犯人还很年轻呢！这笔开支要永远负担下去吗？经过一番权衡，他终于作出决定：通知司法部长，要他设法取消这笔开支。司法部长立即去同法院院长商量，两人也一致同意取消狱吏。这样，囚犯开始独身自守，他不愁没有越狱逃跑的机会，国家也节省了狱吏的开支，这问题便两全其美地解决了。

狱吏回家后，由法院的一位助理厨师负责早晚给犯人送饭。但是，这位犯人眼下却丝毫没有要获取自由的愿望。有一天，厨师忘了给他送饭，人们却见他神态自若地来到厨房要饭吃。此后，为了不让厨师跑腿，他养成了按时来和炊事人员一道用膳的习惯。他成了这些人的朋友。午饭后，他常常出去散步，一直走到蒙特·卡罗。有时，他走进卡西纳，竟在赌桌上掷上几个法郎。

当他赢了一回钱时，他就到一家有名的饭馆里吃了一顿丰盛的晚餐，然后回到监狱里，小心地闩上囚室的房门。打从孤身自守以来，他唯有这么一次没有在外过夜。

渐渐地，事情变得不是对犯人，而是对法官越来越棘手了。因此，法院再次开会讨论囚犯的问题，决定强行把他赶出摩纳哥国土。当人们告知他这一决定的时候，他率直地回答道："我觉得你们太滑稽可笑了。你们要赶走我，我将成什么人呢？我已不再有生活来源，我也不再有家，你们要我干什么呢？我被判处死刑，你们不给我施刑，我什么也没说。然后，我被改判为无期徒刑，你们把我交给一个狱吏，后来又把那位看守撤走了，我还是什么也没说。现在，你们又要把我从国土上赶出去。啊，不！我是犯人，是由你们审讯和判决的犯人。我要忠实地服刑，我要永远待在这里！"他的话说得句句在理，最高法院也被他驳倒了。国王听了，大发雷霆，命令立即采取措施。

人们又开始讨论处理囚犯的问题，最后决定：给犯人六百法郎的生活费，让他到国外去谋生。犯人接受了最后的处理，他走了。他在离他的君主国咫尺之遥的地方租种了一块土地，种上各种粮食和蔬菜。他无视君权，在他的土地上愉快地生活着。

广告的受害者

［法国］左拉

我认识一个诚实的小伙子，他去年才去世。他一辈子可以说是受尽了折磨。

克洛德从他懂事的年龄起，就抱定了这个主张："我的生活计划已经定了，我只要闭上眼睛接受我的时代的恩赐。为了跟得上文明的进步，过美满幸福的生活，我只消每天早晚看看报纸和广告，准确地按照这些无比崇高的导师指点的去做。这是真正聪明的办法，唯一可能得到幸福的办法。"

从这一天起克洛德把报纸上登的和墙上贴的广告当做他的生活法典。它们变成了帮他解决一切问题的万无一失的指南。凡是广告上没有大力推荐的他都一概不买或者不做。

这个不幸的人就是因为这个缘故，生活在一个真正的地狱里。

克洛德买了一块地产，盖房子。这所房子是按照最新的建筑方法盖的，一刮风就晃悠，一下大雨就一块块往下掉。

房子内部呢，壁炉里装着结构精巧的除烟器，冒出来的烟可以把人呛死。电铃不管您是怎么按，它就是不肯响。厕所是按照一个极好的式样造的，变成了一个可怕的臭屎坑。抽屉和橱门装的是特别的机件，开了关不上，关上了又开不开。

不幸的克洛德，他不光是财产上受到损失，身体上也吃尽了苦头。

他刚到街上，衣服就裂缝了。他是从那些清出存货举行大拍卖的公司里买来的。

有一天我遇见他，他的头完全秃了。他是想把他的金黄色的头发变成黑色，这又是受他对文明进步的爱好的驱使。他刚用过一种药水，金黄色的头发全部脱光，他非常高兴，因为照他自己说的，他现在可以涂一种油膏，一定可以使他长出一头比以前的金黄色头发厚两倍的黑头发。

他吞服的各种药品，我就不一一详谈了。他原来很强壮，现在变得很瘦弱，一用力就喘气。也就是从这个时候起，广告开始把他的小命断送了。他相信自己有病，他按照广告上开的良方医治自己。他看到每种药品都受到同等的赞扬，拿不定主意。于是为了使疗效更高，他同时服用各种药品。

广告对他的智力还要损害得厉害。他把报纸向他推荐的书籍摆满书架。他采用的分类法是最奇妙的：他把一本本书按照价值的高低排列，我的意思是说。按照出版商花钱叫人写的那些评论文章的热情程度的高低排列。当代的所有荒谬愚蠢和下流无耻的书籍都集中在那儿。还从来没有人看到过有谁收藏这么多伤风败俗的东西。克格德很仔细地把介绍他买书的广告贴在每本书的书脊上。

这样一来他每次打开一本书，就可以事先了解他应该按照规定表达的是哪一种感情，是笑还是哭。

有了这一套办法，他完全变成了一个白痴。

这出悲剧的最后一幕是令人悲痛的。

克洛德看到有一个女梦游者能治百病，于是连忙跑去请她医治他其实没有的毛病。这个女梦游者十分热心，要帮助他返老还童，把回复到十六岁的秘方告诉了他。其实，方法也很简单。只要用某种水洗澡，再内服某一种水就行了。

他吞下药水，钻到洗澡水里，他变得非常年轻了，年轻得半个钟头以后别人发现他已经死在澡盆里。

克洛德甚至在死了以后，也是广告的受害者。他在遗嘱中嘱咐，要把他装在一口能够很快就起防腐作用的棺材里。这种棺材是一位药剂师新近取得专利权的。棺材刚抬到公墓，就裂成两半，这个可怜虫的尸体滚到烂泥里，只好和碎棺材板混在一起埋了。

他的坟是用硬质纤维板和人造大理石砌的。头一个冬天的雨水就把它淋坏了，很快就在他的墓穴上变成了一堆叫不出名堂的破烂。

勃鲁阿戴总统

［法国］塞斯勃隆

艾米尔·勃鲁阿戴有一种大大妨碍他前程的脾气。因为他虽然在政府机关里任职，却丝毫不像他的同事们那样克制、收敛，居然还敢发发脾气。像他这样一个爱发号施令、性格暴烈、胆大而有见识的人，亏得他喜好——不，应该说他需要在办事中有条不紊，否则他连现在占着的那个微不足道的位置还捞不到哩。他日常生活中的一切事都是“准时而行”的，这一点是他在部里的档案中得到的唯一良好的评语。他每天起床、到部里上班、吃饭、吸烟、洗手，等等，都是一成不变，都被安排在这些事的空当儿里。他总是从晚间九点睡到早上七点，一旦缺了五分钟的觉，无论如何，要在当天补回来，否则就要出现严重的神志不清的情况。

依照这种情况推测，他的后半生里只有两个日子值得提一下了：一个是他退休的日子，一个就是他死的日子。其余的都是一成不变，“准时而行”的。

可是有一天晚上，几个顺路来看望他的朋友把他拉出去，先到戏院，后到夜总会，在外边玩个通宵。第二天早晨，勃鲁阿戴醒来的时候发现自己已经是在家里，这会儿时钟正好敲了七下。他面临一个无情的窘境：要么睡上一天觉，要么照常上班工作。两个办法都同样打破他的常规，他简直不知选择哪一个才是。在不知不觉中，还是他的身体替他找到了唯一对他合适的办法：艾米尔·勃鲁阿戴又睡了。但他刚一睡倒马上又起来了，穿好衣服，到部里上班。从此他成了一个梦游者。

人闭着眼睛不一定是在睡觉；同样，一个睡着了的人也不一定非闭着眼睛不可。许多梦游病人就是睁开眼睛的，这也正是艾米尔·勃鲁阿戴的情况。从那天开始，他的生活就完全颠倒了过来，再也无法恢复原来的次序。夜里，他好歹算是活着；白天，他睁着眼睛在做梦，按着老习惯过日子。不过，事情也并不完全能够遵循老习惯，因为他的梦想，他的筹划，他的愤怒统统浸沉在这白天的酣睡之中；而他的自负、暴烈、大胆和才智都到无用场的黑夜里。在白天，只见他完全是个沉默寡言、谦卑顺从、唯唯诺诺的样子，因为他完全是个夜游的人。然而正因为如此，他的生活发生了重大变化。

原来他的上司们对他那个性强的性格一直很厌恶，现在终于看中他，觉得他的职位如此低下是有欠公道的，就越级提拔他。他的晋升简直神速。人们本来知道他并不怎样笨，现在又发现他温顺，平和，毫无野心，于是就把他树为榜样。首先把法兰西学院院士的桂冠给了这位梦游者，接着他又得到了骑士荣誉团勋章。“怎么！他以前还没有得到吗？”

常言道，群蝇逐臭，交易界靠官场的腐败而生存；而他，不久就成为交易界津津乐道的人士。有人揣度艾米尔·勃鲁阿戴可以出任一个子公司的经理：这是对他的一番“试用”。梦游人当然表示同意。他出席各种董事会，总大睁着那双茫茫然的眼睛，嘴边挂着微笑。“他样样都好，亲爱的……”那些托拉斯的巨头们非常赏识他。不久，他就在三个、七个，甚至二十个董事会里兼职，人们推选他当董事长。他在承办什么事务和主持投票时，完全符合例行公事原则，又毫无任何自己的见解，这是无与伦比的优点。由于那些托拉斯老板有意把他引进海运界，他就在那里发迹扬名了。从此，那些搬运工、码头工和随时都会丢掉性命的水手们一听到勃鲁阿戴经理的名字就会脱帽表示敬意。随着他飞黄腾达，先后有一只普通挖泥船、一只驳轮、一条大货船，还有一艘世界上最大的深海客轮被命名为“勃鲁阿戴总经理号”。

托拉斯的巨头们认为，像勃鲁阿戴这样恪尽职守的人物应该直接地参与国家事务。梦游者自然同意了。有人出钱给他买了一个选区，于是他成了众议员。后来成了参议员，接着又从副议长升为参议院议长。最后，按照逻辑发展的必然性，他当上了共和国总统。他那副捉摸不定的眼神，梦游者特有的微笑，竟成为《画刊》杂志极好的封面，而且被挂在各学校、各警察局的墙壁上。他很少演说，演说时内容也平淡无奇，这样，全国一半的人听了大失所望，可是另一半的人听了则大为高兴，说：“我们总算有一位不夸夸其谈的总统，一位思想家！只要看一看他那双沉思的眼睛，富有哲学意味的微笑，就足以……”再说，他是那么风度翩翩。众所周知，自从费里克斯·富尔总统以来，竟没有一个总统懂得穿衣服。于是这位勃鲁阿戴总统就被当做出口商品一样看待了。在这位气度不凡而又比英国国王还要沉默寡言的人物访英以后，法兰西银行从大不列颠政府银行得到了一笔盼望已久的巨额贷款。但由于这笔钱早就用于填亏空，勃鲁阿戴总统便又被派往美洲进行访问。就是这趟旅行把一切都搞糟了。

因为新旧大陆之间的时差使艾米尔·勃鲁阿戴弥补上了很久以前欠下的那一夜睡眠，这真是他自己也没有料到的事情。此后，他又白天清醒，夜里睡觉了：梦游症到此结束！他的个性，他的大胆和才智又统统重现出来，冲撞、冒犯别人，使别人感到不安。在国会和银行的走廊里，到处是议论他的窃窃私语。不到半年，艾米尔·勃鲁阿戴落入了几乎是尽人皆知的一些圈套（只有他被蒙在鼓里），他不得不辞去共和国总统的职务。他也没有再被选为参议员，又在立法选举中被击败，被撤掉一切官方职务，最后获准去享受他那退休的权利了。

卖笑人

[德国] 海·伯尔

倘若人家问起我的职业，那我就尴尬万分，一下子面红耳赤，张口结舌，不知所云，而我本来就是有名的诚实可靠的人。我很羡慕瓦工，他可以回答说："我是瓦工。"我嫉妒会计师、理发师和作家，他们都可以直截了当地说出自己的职业，因为这些职业名副其实，用不着多费唇舌解释。我没有办法，只好回答："我是卖笑人。"人家听了不免还要追问去："您靠卖笑为生吗?"我不得不实事求是地回答："是的。"于是问题接二连三，没完没了。我的确靠卖笑为生，而且活得很好。用商业用语来说，就是我的笑很畅销。我是拜过名师的笑的行家，无人能与伦比，无人能掌握我的惟妙惟肖的艺术。我长期把自己看做演员，其中的原因就不必说了。然而，我的语言能力和表演技巧太差，演员这称号我实在不配。我爱真理，而真理是：我是卖笑人。我不是小丑，也不是滑稽演员；我不逗引观众欢笑，我只是欢笑的化身。我笑得像个罗马皇帝，像个参加毕业考试时反应灵敏的中学生。19 世纪的笑是我的拿手好戏，17 世纪的笑我笑得也毫不逊色。如果有必要，我可以模拟各个世纪的笑，各个社会阶层的笑，各种年龄的笑。我像鞋匠学会钉鞋后跟一样，轻而易举地学会了笑。我满腹都是美洲的笑，非洲的笑，白的笑，红的笔，黄的笑，只要给我适当的报酬，导演怎么说，我就怎么笑。

我成为必不可少的人物了。我的笑灌了唱片，我的笑录了音，广播剧导演更一刻也不放过我。我苦笑、淡笑、狂笑，我笑得像电车售票员，像食品公司的学徒一样，早晨笑，晚上笑，夜里笑，黎明还笑。简而言之，不管何时、何地、何人，都会相信这种职业是很辛苦的。再说我还有带领人笑的特长，三四流的滑稽演员也少不了我，因为他们为自己的噱头是否叫座而提心吊胆。我差不多每天晚上都坐在杂耍场里，担任微妙的捧场者的角色，在节目淡而无味的当儿发出感人的笑声。这事干起来像干计量工作那样仔细，我大胆的狂笑必须笑得正是时候，早了不行，迟了也不行。时候一到，我就扑哧一声大笑起来，接着是观众的哄堂大笑，于是不能引人感兴趣的噱头就得救了。

可是演出一结束，我就精疲力竭地溜进衣帽间，穿上大衣。终于下班了，心里无限高兴，通常在这种时候，家里已有“急需你笑，星期二录音”的电报在等着我。几小时后我又得在直达快车上奔驰，深为自己的命运而感慨不已。

我下班后或休假时是不爱笑的，这是大家能理解的。挤奶员如能忘却奶牛，瓦工如能忘却灰浆，那该多美！常见木工家里的门关不上，抽屉拉不开；糕点工人喜爱醋黄瓜；屠宰工人喜欢杏仁夹心糖；面包师宁要香肠不要面包；斗牛士爱玩鸽子；拳击师见到自己的孩子鼻孔出血会大惊失色。凡此种种，我都有理解。我自己就历来不在业余时间笑。我本是个不苟言笑的人，人家说我是个悲观主义者，这也许不是没有道理的。

结婚的头一年老婆对我说：“笑一笑吧。”而这些年来她终于明白我无法实现她的愿望。在我紧张的面部肌肉和忧郁的心境真正能得到松缓的时候，我就感到无比幸福。说真的，旁人的笑声也会引起我心烦意乱，因为听到笑声难免要想起我的职业。我老婆也把笑的本能遗忘了，于是我俩的夫妻生活就冷冷清清、平平淡淡。偶尔我逮住她脸上掠过的一丝笑容，我自己也怡然一笑。我俩总是唧唧低语，因为我恨杂耍场的喧哗，恨录音室里充斥的嘈杂。

素不相识的人总以为我沉默寡言，这或许是对的，因为我得频繁地张着口去笑。

我木然地走过我的人生之路，间或赐予自己一丝微笑。我常常想，我是否真正笑过。我确信我从未笑过。我的兄弟姐妹可以告诉你们，我从小就是一个严肃的男孩。

我用各种各样的方式来表现笑，但是，我不知道自己究竟为何而笑。

精品文学书系

铁路——豚鼠的故事

［德国］封·拉德茨基

约翰·霍斯金森先生向芝加哥麦迪森大街167号动物商店的朗达尔·霍普金斯先生订购了一对豚鼠，在印第安纳玻利斯火车站付运费后取货。

印第安纳玻利斯车站站长通知霍斯金森先生，豚鼠已到达，要求他来取货并支付两美元的运费（运猪的运费，第17条款）。霍斯金森先生拒绝付款：豚鼠并非小猪，而是小家畜（应按运费表第136条款），因此只需付运费4.5美分。车站站长把霍斯金森先生的申诉送交芝加哥第二区督察员，后者又把申诉书转给了申诉局。

在这段时间内，那只雌豚鼠生了12只小豚鼠，站方要求霍斯金森先生支付饲养费用；他拒绝了，要求首先澄清运费问题。

中央铁路公司经理给波士顿博物馆长麦肯齐教授去信，询问豚鼠属于哪一类动物。

教授正在太平洋上作讲学旅行，过了8个月才回信。在这段时间内，7只雌豚鼠生了62只小豚鼠，其中44只雌豚鼠又生了400只小豚鼠，这些豚鼠长得都挺健壮。这位受人尊敬的学者书面证明，豚鼠是一种啮齿小动物（因此按运费表136条款）。

通知立刻送给霍斯金森先生，他的申诉是合理的，现在他只需付4.5美分的运费和70美元的饲养费，就可以取回雌豚鼠共444只。但通知因无法投递被退了回来，霍斯金森先生外出旅行没留下地址。

印第安纳玻利斯车站站长忧虑重重，他的地方越来越小，只好给发货人发了封快信，要求支付373美元并领取1500只豚鼠。

对方拒绝了，理由是发货时仅两只豚鼠，因此无意领取其他的1498只。这时，绝望的站长给铁路公司经理发了份急电请示，他该拿3784只豚鼠怎么办……这数目将会无穷无尽。

真有趣，今天可能有多少只了呢？

罪之赐福

［德国］沃尔夫

12 月的一天晚上，一个名叫马蒂亚斯的失业者盘算着：是去找个避难所呢，还是干件违法的事。

他选择了后者。

他特意登上了电车。售票员不经意地问了声："还有人没票吗？"他却没应声。直到第三次搭车时，他才被检票员逮住了。人们当即赞同售票员的决定，选派三名见证人，由两名巡警受理此案。警察局录下犯罪事实，证明马蒂亚斯——身无分文——犯有诈骗罪，证人画押，复审。最后，他终于得到了面包、咖啡和一间小室。

大家对他都很关注，想知道他的名字，还关心他的家庭境况，探听他的祖宗八辈；外面还有人为他站岗。明天，又会有人为他忙活，记录，提问，往来奔波，甚至还可能预订一辆车（他当然需要车接车送）。事情忽地接踵而至，全都是为了他。他这一出现，可让大家有事做了。有事可干，还管他是以什么名义呢？是呀，这夜人们在外面站岗，并非为了遵循僵死的工作条例，人们站岗只是为了他！马蒂亚斯在他的小室里沉沉地进入了他该有的梦乡。

次日凌晨，一个粗暴的声音吵醒了他："起来！"他跳了起来，颤抖了一下。这时已经有人送来一大碗热咖啡和一块面包。这些身强体壮的男人身着制服，伺候他，唤醒他，心里老是惦念着他。因为他赋予他们生存的意义。看来，他们的作风有些粗暴，显然这只是表象，他们对唤起他们责任感的对象有着一种强烈的、男人的爱。

"只不过是鸡毛蒜皮的小事！不值一提！"第二次记录时，警长这么说，"您乘车打的什么主意？"语气绝对威严，很适合那一刻的气氛。马蒂亚斯满脸肃穆，沉默不语。警长大声吼道："您！您怎么敢逃票？"

马蒂亚斯本想回顶：多蒙您关照，警长先生！浪费了您多少精力哟！但他恐怕这样会搅乱这位官员的前程，有损他的工作兴致，于是他沉默了。

“他妈的，”警长气急败坏地咆哮，“终审定您诈骗罪，您承认吗？”马蒂亚斯清楚地意识到，问题的关键就在于此，事情的真相不能再隐瞒了，因为他是当事人。于是他毫不犹豫地说：“我承认。”“带走。”

现在，人们又开始对他表示出些微的同情，用车把他送到一座雄伟的建筑物里——拘留所。身着普通制服的彪形大汉又来关心他了。有些人查问他的家谱，又有些人再次复审案卷，还有些人把材料归档。他多次受到陪审员的审讯，有一次甚至还受到地方法律顾问的审讯。他的陈述——被锁进一只蓝色硬纸套内——由官方收集，注册并被归入庄严的图书馆资料库。

就连办公室主任也来关心他。案卷文书得与他打交道。两名法院书记员助理得处理他的问题，并重新誊写了一遍审讯词，因为他们在“犯罪”一词中多加了字母。其中一位因此而耽误了午饭，并且还引出了一场争吵，以致出现了煤铲横飞，寻医就诊的局面。一个远方的医生也得为此而忙活着。

在一次附带审议会上，法官们又不得不对电车售票员在此次诈骗罪中有帮凶嫌疑的说法进行审议和洗刷。三个证人又被请来作证，他们庄严宣誓，人们还给了他们补偿费。整个会议的议题都围绕他一个人转。

马蒂亚斯越来越清楚，问题的关键绝不可能是无票乘车，也不在于图谋在供暖设施优良的警察局过夜，而是在那不被人察觉的每一秒钟，成百的官员能否通过他而有可能履行其职责。他清楚地意识到，他使这些人——从地方法律顾问到案卷文书，有事可做。而他们都出于微妙的、窃窃的感激之情而关心他。他感觉到了他的作为的内在福音，他的出现正如一个默默的、颇具影响的善人，为许多人分配任务，创造工作机会；就像一块宝石，人们把它锁起来，以免遭窃。中午时分，又有一个身着制服的官员来了，给他摆上面包和汤，并小心谨慎地闩上窗户，这当儿，马蒂亚斯不无自豪地笑了。

地方法律顾问放下水果刀，伸了伸懒腰。妻子帮他把枕头往头下掖了掖，抚了抚他额头上的皱纹，提醒说：“你别累垮了，亲爱的！”他严肃地，却不无得意地嘟噜了一句：“工作至上！”

在钉子上

[俄国] 契诃夫

在涅瓦大街上有几个人慢悠悠地走着，他们都是十二等和十四等文官，刚下班，正由斯特鲁奇科夫领着到他家去过命名日。

“诸位，咱们马上就要大吃一顿!”过命名日的主人馋涎欲滴地说，“来个猛吃猛喝！我那口子已经把大馅饼做好了。昨天晚上我亲自跑去买的面粉。有白兰地酒……沃龙措沃出产的……老婆大概都等急了!”

斯特鲁奇科夫住在人迹不到的鬼地方。走呀走呀，最后总算到了。一进门厅，鼻子就闻到一股饼和烤鹅的香味。

“闻到味儿了吧?”斯特鲁奇科夫问大家，高兴得嘻嘻地笑起来，“请脱大衣吧，先生们！把皮大衣放到柜上！卡佳在哪儿呢？卡佳！各科的同事都来齐了！阿库利娜！来帮先生们脱衣服!”

“这是什么呀?”这伙人中的一个指着墙上问道。

墙上戳着个大钉子。钉子上赫然挂着一顶崭新的制帽，帽檐和帽徽闪闪发光。老爷们你看看我，我看看你，脸都白了。

“这是他的制帽!”大家悄悄地说，“他……在这儿?”

“是的，他在这儿，”斯特鲁奇科夫含含糊糊地说，“他是来看卡佳的。先生们，咱们出去吧。随便找个饭馆坐一会儿，等他走了再说。”

大家把衣服扣好，走出房门，懒洋洋地朝着饭馆走去。

“怪不得你家有一股鹅味，原来屋里有一个大公鹅!”档案助理员打了句哈哈，“是什么鬼把他支使来了，他很快走吗?”

“很快，他在这里从来不超过两个钟头。咳，可真是馋了，就想吃！咱们开头先喝一杯伏特加，就点儿鱼下酒……然后再来一杯。诸位，喝完两杯，跟着就上馅饼，要不就吃不痛快了……我那口子馅饼做得挺不错，还有白菜汤……”

“沙丁鱼买了吗?”

“买了两盒，还买了四种肠子……我老婆现在大概也想吃东西……可他偏偏在这个时候闯进来。真见鬼!”

他们在饭馆里坐了足有一个半钟头，每人喝了一杯茶装样子，然后又回到斯特鲁奇科夫家里。进了门厅，香味比刚才更强烈了。隔着半开的厨房门，他们瞧见一只鹅和一碗黄瓜。女仆阿库利娜正从炉子里往外拿东西。

“诸位，又凑巧!”“怎么啦?”老爷们的胃难受得缩成一团：饥肠难忍嘛！但是，在那可恶的钉子上又换了一顶貂皮帽子。

“这是普罗卡季洛夫的帽子，”斯特鲁奇科夫说，“咱们出去吧，先生们，找个地方等他走了再说……这个人也待不长……”

“他那么个讨厌鬼却有你这么标致的老婆!”客厅里传来一个男人沙哑的低音。

“傻人有傻福嘛！大人。”女人声音应和着。

“咱们赶快走!”斯特鲁奇科夫呻吟着说。

他们又回到了饭铺，这回要了啤酒。

“普罗卡季洛夫可是了不起的人物!”大伙儿安慰起斯特鲁奇科夫来，“他在你老婆那儿待一个钟头，你可就有十年的福好享啦。老弟，福星高照嘛！干吗伤心呢？用不着伤心嘛。”

“你们不说，我也知道用不着伤心。这根本没有什么关系！我着急的是咱们想吃东西呀!”

过了一个半钟头又回到斯特鲁奇科夫家里，貂皮帽子仍旧挂在钉子上。只好再来一次撤退。

直到晚上七点多钟钉子才空了出来。这才吃上了。馅饼发干，菜汤不热，鹅也烤糊了——一桌子的美味都叫斯特鲁奇科夫的官运给糟蹋了！不过，大家吃得津津有味。

收藏品

[俄国] 契诃夫

前几天，有一次我去找我的一位朋友——新闻工作者米沙·柯弗罗夫。他坐在自己房里的沙发上，修指甲、喝茶，他也给了我一杯。“没有面包，我是不喝茶的。”我说，“去拿面包来吧！”

“那无论如何不行！请原谅，招待敌人我才用面包呢，至于招待朋友，那是绝对不用的。”

“奇怪……道理何在呢？”“道理么，就在这里……你到这儿来！”米沙把我引到桌旁，抽出一扇抽屉。“看吧！”我朝抽屉里望去，什么东西也没看到。“我什么也没见到……只有垃圾一堆……小钉子啦，小碎布条啦，还有什么尾巴……”

“正是要你看看这些东西！这些碎布条呀，小绳头啦，小钉子啦，我收集了十年呢！这都是很有意义的收藏品！”

接着米沙一把抓起这堆垃圾，把它撒在一张报纸上。

“你看到这根烧焦了的火柴了吗？”他说着，同时指给我看一根普普通通的、有点烧焦了的火柴，“这是很有趣的火柴，是我去年在谢瓦斯季扬诺夫面包店里买的一个夹心面包中发现的。我差点被它给梗住了。好在妻子在家，给我捶了捶背，要不然，这根火柴可就留在喉咙里了。这片指甲你看见了吗？是三年前在费里波夫面包店里买的一个面包里发现的。你看，面包没有手，没有脚，却有指甲！真是老天爷开的玩笑！这条绿色的碎布，五年前藏在从莫斯科一家最好的商店里买来的香肠里。这只风干了的蟑螂，曾经乘我在一个火车站一家饭馆里吃饭时，在我吃的菜汤里游泳过呢！而这颗钉子也是在那个车站里吃的牛排里发现的。这条老鼠尾巴和一小块山羊皮都是在同一个费里波夫店里买的面包中找出来的。现在只剩下一堆骨头的鲻鱼，是我妻子在送给她的生日蛋糕中找到的。这条名叫蜈蚣的‘野兽'是别人在一所德国酒馆的酒杯中送给我的。你瞧，这一块鸟粪我差点把它吞了，当时我在一座下等酒馆里吃大馅饼……亲爱的，如此等等，都是这样的东西！"

"奇妙的收藏品啊！"

"是的，它有半磅重，还不包括我不慎而已经吞下和消化了的东西在内。至于我已经吞下了的，大概有五六磅……"

米沙小心翼翼地拿起报纸，对这堆收藏品欣赏了一会儿，接着又把它倒回抽屉里。我抓起茶杯，开始喝茶，但已经不再要求派人去取面包了。

善良的日耳曼人

［俄国］契诃夫

封克公司炼钢厂工长伊凡·卡尔洛维奇·希威由厂主派到特威尔城，在当地制造一种定购的产品。他为那种产品忙碌了四个月左右，一心想念他那年轻的妻子，到后来连胃口都差了，有两次甚至哭起来。他在返回莫斯科的路上，一直闭着眼睛，想象自己怎样回到家，厨娘玛丽雅怎样为他开门，他的妻子娜达怎样跑过来搂住他的脖子，叫起来……

"她没料到我这时候回来。"他想，"那倒更好，她会喜出望外的，好极了……"

他坐晚班火车回到莫斯科。趁搬运工人替他去取行李，他就抽空到饮食部喝了两瓶啤酒……他喝过啤酒后，心肠变得很软，因此一辆街头马车把他从火车站送到普烈斯尼亚街的时候，他不住唠叨说：

"你啊，赶车的，是个好车夫……我喜欢俄国人！……你是俄国人，我妻子是俄国人，我也是俄国人……我父亲是日耳曼人，不过我是俄国人……我恨不得跟德国打一仗才好……"

他正沉湎在幻想中，厨娘玛丽雅来给他开门了。

"你也是俄国人，我也是俄国人……"他唠唠叨叨，把行李交给玛丽雅，“我们都是俄国人，都说俄国话……娜达在哪儿?”

“她睡了。”

“好，别惊醒她。嘘……我自己去叫醒她……我要吓她一跳，让她吃一惊……嘘!”

带着睡意的玛丽雅接过行李，到厨房去了。

伊凡·卡尔洛维奇笑吟吟地搓着手，眯着眼睛，踮起脚尖，走到卧室门口，小心推开房门，生怕那扇门发出吱吱的响声……

卧室里漆黑而安静……

“我马上就会吓她一跳。”伊凡·卡尔洛维奇暗想，划亮一根火柴……

然而，可怜的日耳曼人啊！正当他火柴上的硫黄燃起蓝色火苗的时候，他却看见这样一幅画面：靠墙的床上躺着一个女人，把被子蒙住头，睡着了，他只看得见两个光光的脚后跟，另一张床上却睡着一个身材魁梧的男人，脑袋很大，生着红头发和长唇髭……

伊凡·卡尔洛维奇不相信自己的眼睛了，他又划亮一根火柴……他接连划亮五根，而那个难以叫人相信的、又可怕又可气的画面却不断出现。日耳曼人的两条腿发软，背上发凉，身子僵直了。啤酒的醉意突然离开他的头脑，他觉得他的心兜底翻了个身，他头一个想法和愿望，就是操起一把椅子，使足力气往那个红脑袋上砸过去，再抓住他不忠实的妻子那光光的脚后跟，把她往窗外一摔，让她撞碎里外两层窗框，哗啷一响，飞到外面，摔在马路上。

“哦，不，这还太便宜他们!”他想了一忽儿，暗自决定，“我要先把他们羞辱一场，再把警察和亲友找来，然后我把他们都杀死……”

他穿上皮大衣，过一会儿走到了街上。在街上，他痛心地哭起来。他一面哭一面想到人们的忘恩负义。那个露出光光的脚后跟的女人从前原是一个穷缝工，他给了她幸福，让她做了一个在封克公司每年挣七百五十卢布的有学识的工长的妻子！她从前地位低下，穿着印花布衣服，像个女仆，多亏他，如今才戴上帽子和手套，连封克公司的职员都对她称呼“您”了……

他心里想：女人多么阴险狡猾啊！娜达装出她嫁给伊凡·卡尔洛维奇是出于热烈的爱情，每个星期都给他写一封温柔的信，寄到特威尔去……

“啊，这条蛇。”希威在街上走着，暗想，“唉，为什么我娶个俄国人呢？俄国人都是坏人！野蛮人，乡巴佬！我恨不得跟俄国打一仗才好，见它的鬼！”

过了一会儿，他又想：

“真奇怪，她宁可不要我而勾搭上一个红头发的流氓！是啊，要是她爱上封克公司的一个职员，我倒也原谅她，可她却爱上个衣袋里连十戈比银币都没有的鬼家伙！唉，我真是个不幸的人啊！”

希威擦干眼泪，走进一家饭铺。

“给我拿纸和墨水来！”他对茶房说，“我要写信！”

他用发抖的手先给住在谢尔普霍夫的岳父和岳母写好一封信。他在信上对两个老人说，正直而有学识的工长不愿意跟淫荡的女人共同生活下去，又说只有父母是蠢猪，女儿才会是蠢猪，又说希威恨不得对所有的人都吐口痰才好……他在信的结尾要求两个老人把女儿和她那红头发坏蛋一齐带走，他所以没有打死那个家伙，无非是因为不愿意弄脏手罢了。

然后他走出饭铺，把信扔进信箱。他在全城逛荡，想着自己的伤心事，照这样一直走到第二天早晨四点钟。这个可怜的人消瘦而且憔悴了，最后得出结论：生活就是命运的恶毒嘲弄，对正派的日耳曼人来说，再生活下去未免愚蠢而不体面。他决定既不对他的妻子也不对那个红头发报复了。他所能做的最好的事，就是用宽宏大量来惩罚他的妻子。

“我去对她把话都说穿。”他在回家的路上暗想，“然后我就自杀了事……让她跟她那个红头发的男人去过美满的日子好了，我不去碍他们的事……”

他幻想他怎样死掉，他妻子怎样受不住良心的谴责而难过。

“我偏要把我的财产留给她，对了！”他拉一下自己家的门铃，嘟哝道，“那个红头发的男人比我好，那就让他也一年挣七百五十卢布，看他办得到办不到！”

这回给他开门的还是厨娘玛丽雅，她看见他，不由得十分惊讶。

“你去叫娜达里雅·彼得罗芙娜来。”他说，没有脱掉皮大衣，“我有话要跟她说……”

过了一分钟，伊凡·卡尔洛维奇面前站着个年轻的女人，只穿着衬里衣服，光着脚，现出吃惊的脸色……受了欺骗的丈夫哭着，举起两只手，说：

“我全知道了！骗不了我！我亲眼看见那个长着两撇长胡子的红头发畜生了！”

"你疯了!"他的妻子叫道,"你干吗这么嚷?你会把房客吵醒的!"

"啊,红头发的骗子!"

"我叫你别嚷!你灌饱了酒,醉醺醺的,跑到这儿来嚷!快去睡觉!"

"我可不愿意跟那个红头发的人睡一张床!对不起!"

"你真疯了!"他妻子生气地说,"要知道,我们家里有房客了!原来做我们卧室的那个房间,现在租给一个钳工和他妻子住了。"

"啊……啊?什么钳工?"

"就是那个红头发的钳工和他妻子啊。我让他们在这儿住下,每月收四卢布房钱……别嚷,要不然就把他们吵醒了!"

德国人瞪大眼睛,对妻子看了很久,然后低下头,慢慢地吹一声口哨……

"现在我才明白……"他说。

过了一会儿,日耳曼人恢复原来的心境。伊凡·卡尔洛维奇觉得心情舒畅了。

"你是俄国人,"他嘟哝说,"厨娘也是俄国人,我也是俄国人……大家都说俄国话……那个钳工是个好钳工,我想拥抱他……封克公司也是个好公司……俄国是一块好土地……我恨不得跟德国打一仗才好。"

升　级

[俄国] 契诃夫

地方文官多尔鲍诺索夫一次因公务来到彼得格勒,他偶然参加了芬加洛大公爵的晚会。在那里他意外地见到了法学系一个姓谢波特金的大学生,这个学生四五年以前曾当过他孩子们的家庭补习教师,今天这个人也来参加晚会。他感到非常惊异。晚会上多尔鲍诺索夫没有其他熟人,十分无聊,就去找谢波特金。

"您……那个……怎么能到这儿来?"他一边捂着嘴打呵欠,一边问道。

"和您一样……"

"我想，和我不一样吧！……"多尔鲍诺索夫打量一会谢波特金，皱起眉头说道，"嗯？……那个……您的近况怎么样？"

"还可以……大学毕了业，在波尔多康尼科夫手下当个机要官……"

"是吗？一开始就找到这种差事，不坏……但是……哎……请原谅，我不客气地提个问题，干这个差事拿多少薪水？"

"八百卢布……"

"呸！……还不够买烟丝呢！……"多尔鲍诺索夫仍然用那种傲慢的、自以为是的腔调低声含糊地说。

"当然，在彼得堡要过小康生活，这点薪水是不够的。不过，除此之外，我还在乌加罗杰鲍希尔铁路局当文书……薪水是一千五百卢布……"

"是……呀，那么，当然……"多尔鲍诺索夫微笑了，满脸发光，插嘴说，"顺便问问，我最亲爱的，您怎么认识公爵的？"

"很简单，"谢波特金淡漠地回答说，"我在御前大臣洛德金家见过公爵……"

"您……到洛德金家去过？"多尔鲍诺索夫吃惊地睁大眼睛问。

"经常去……他的侄女是我的妻子……"

"他的侄女……喂……哎哟……您听我说，我……那个……一直祝愿您……早就料到您会有一个辉煌的前程，最尊敬的伊·佩特罗维奇……"

"是皮奥特尔·伊瓦内奇……"

"是的，皮奥特尔·伊瓦内奇……您听我说，我刚才看了看，发现有个面熟的人……就立刻认出来是您了……当时我就想邀请您光临敝处吃饭……嘿嘿……我想，大概您会给我这个老头赏光吧！我住在欧洲旅馆33号房间……从下午一点到六点都可以……"

度假的人

［俄国］契诃夫

一对新婚不久的夫妇在市郊列车站台上走过来走过去，慢慢踱着步子。丈夫搂着妻子的腰，妻子依偎在丈夫的身边。他们快乐极了。月亮从云的隙缝里用忧郁的目光瞅着他们：月亮一定在忌妒他们俩，也一定为它自己孑然一身而万分沮丧。凝滞的空气里充满浓郁的紫丁香和野樱花的芳香。在火车道的那边什么地方，有只长脚秧鸡在鸣叫……

“萨沙，太美了，太美了！”妻子说道，“简直像是一场梦！你看，这块小树林多么悠闲自在！这些不说话的电报杆子多么挺拔潇洒！它们把这一带景色点缀活了，似乎它们在告诉大家，在那里，在那一个什么地方，有人生活……有文明……当轻风把前进的列车的喧哗声送到你的耳朵里的时候，你不感到快乐吗？”

“当然是的……怎么，你的手这么热！是不是太激动了，瓦丽亚……今天咱们晚饭吃什么？”

“凉杂拌汤和一只小鸡……小鸡够我们俩吃的。不是有人从城里给你拿来了沙丁鱼和风干的咸鱼脊肉！”

月亮真像是闻了一下鼻烟，一下子躲到云彩后面去了。人世间的幸福使它感慨万千，它感到孤独和远离尘世的凄凉。

“火车来了！”瓦丽亚说道，“好极了！”

远方出现了三颗火红的眼睛。小车站的站长走上站台，在火车线上闪亮着各种信号灯光。

“把火车送走咱们就回家。”萨沙说完这句话打了一个哈欠，“瓦丽亚，咱俩在一起真幸福，真不可思议！”

黑色的庞然大物静悄悄地驶入车站，停下来。在昏暗的各个车厢里，向车窗里看去，看到一个个睡意蒙眬的面孔、一顶顶小帽子和人的肩膀……

“哎！哎！”从一节车厢里传出来声音，“……瓦丽亚和丈夫来接我们来啦！他们在这儿！瓦连卡！瓦列奇卡！哎！……”

从车厢里飞快奔出两个小女孩，扑向瓦丽亚，搂住她的脖子。后面跟下来的是一位身宽体胖的中年女人和留着白色连鬓胡子的细高挑个儿男子，又下来两个扛着行李的中学生。中学生后面是女家庭教师。女家庭教师之后是老太婆。

“我们来了，我们来了，朋友，”长着连鬓胡子的男人握着萨沙的手说道，“大概，你等得不耐烦了吧？也许都责怪舅舅不来了吧！科利亚，科斯佳，尼娜，菲法……孩子都过来，吻吻你们的表哥。全都到你这里来啦！倾巢出动！待上三四天！我希望这不会把你们挤坏吧？你呢，请务必不要太张罗了。”

夫妇两人一看到舅父带上这么一大家子来了，吓得差一点儿魂没飞出去。就在舅父连说带吻的时候，在萨沙的脑际里出现了另一番情景：他和妻子把自己住的三个房间以及枕头和被子交出来给客人们使用，风干的咸鱼脊肉、沙丁鱼和凉拌汤顷刻间被吃得一干二净，表弟妹乱摘花朵，打翻墨水瓶，吵闹不停，那位舅母整天整天唠叨自己的病（害绦虫病和心口痛），并且又要说说她在娘家是冯·芬季赫男爵小姐……

这时萨沙已经用仇恨的眼光瞧着自己年轻的妻子，用极轻的声音对她说：

“这都是冲着你来的……活见鬼，是什么风把他们吹来了！”

“不对，是冲着你来的！”她面色苍白，带着仇恨的目光，还有点凶狠狠地说道，“这可不是我的亲戚，是你的！”

当她转过身去面对客人们的时候，脸上露出欢迎的笑意，说道：

“欢迎光临！”

月亮从云彩里露出，似乎在微笑，似乎月亮由于没有三亲六故而十分惬意。这时萨沙却转过脸去，好让客人们别看到他那张生气和失望的面孔。随即用欢快的，温和的声音说道：

“亲爱的客人们，欢迎光临，欢迎光临！”

一个官员的死

［俄国］契诃夫

在一个挺好的傍晚，有一个同样挺好的庶务官，名叫伊凡·德密特里奇·切尔维亚科夫，坐在戏院正厅第二排，用望远镜看戏：《哥纳维勒的钟》。他凝神瞧着，觉得幸福极了。可是忽然间……在小说里，常常遇见这个“可是忽然间”。作家是对的：生活里充满多少意外的事啊！可是忽然间，他的脸皱起来，他的眼睛眯缝着，他的呼吸止住了……他从眼睛上拿掉望远镜，弯下腰去，于是……“啊嚏!!!”诸君看得明白，他打喷嚏了。不管是谁，也不管是在什么地方，打喷嚏总归是不犯禁的。乡下人固然打喷嚏，巡官也一样打喷嚏。就连枢密顾问官有时候也要打喷嚏。大家都打喷嚏。切尔维亚科夫一点也不慌，他拿手绢擦了擦脸，而且照有礼貌的人那样，往四下里看一看：他的喷嚏究竟搅扰别人没有。可是这一看不要紧，他却慌起来了。他看见坐在他前面正厅第一排的一个小老头正在拿手套使劲擦自己的秃顶和脖子，嘴里嘟哝着。切尔维亚科夫认出那个小老头是卜里兹查洛夫，在交通部任职的一位文职的将军。

“我把唾沫星子喷在他身上了！”切尔维亚科夫想，“他不是我的上司，是别的部里的。不过那也还是难为情，应该道个歉才对。”

切尔维亚科夫咳了一声，把身子向前探出去，凑近将军的耳根小声说：

“对不起，大人，我把唾沫星子溅在您身上了……我一不小心……”

“不要紧，不要紧……”

“看在上帝面上，原谅我。我本来……我不是故意要这样的！”

“唉，请您坐好吧！让我看戏！”

切尔维亚科夫窘了，傻头傻脑地微笑，开始看戏。他看啊看的，可是不再觉得幸福了。他开始惶惶不安，定不下心来。到了休息时间，他走到卜里兹查洛夫跟前，在他身旁走了一会儿，压下自己的胆怯，喃喃地说：

“我把唾沫星子喷在您身上了，大人……请您原谅……我本来……出于无意……”

“唉，够啦……我已经忘了，您却说个没完!”将军说，不耐烦地撇了撇他的下嘴唇。

“已经忘了，可是他的眼睛里有一道凶光啊，”切尔维亚科夫怀疑地瞧着将军，暗想，“而且他不愿意说话。我应当对他解释一下，说明我完全无意……说明打喷嚏是自然的法则，要不然他就会认为我有意唾他了。现在他固然没这么想，以后他一定会这么想！……”

一回到家，切尔维亚科夫就把自己的失态告诉他妻子。他觉得他妻子对这事全不在意；她光是有点惊吓，可是等到听明白卜里兹查洛夫是在“别的”部里任职以后，就放心了。

“不过呢，你也还是去赔个不是的好，”她说，“要不然他就会认为你在大庭广众中举动不得体了!”

“说的就是啊！我已经赔过不是了，可是不知怎么他那样子挺古怪……一句好话也没说。不过那会儿也没有工夫说话。”

第二天切尔维亚科夫穿上新制服，理了发，上卜里兹查洛夫家里去解释……他一走进将军的接待室，就看见那儿有很多来请托事情的人，将军本人夹在他们当中，正在接受他们的请求。将军问过好几个请托事情的人以后，抬起眼睛来看着切尔维亚科夫。

“要是您记得的话，大人，昨天在阿尔卡琪娅，”庶务员开口讲起来，“我打了个喷嚏……不小心喷了您……请原……”

“真是胡闹……上帝才知道这是怎么回事！您有什么事要我效劳吗?”将军对其次一个请托事情的人说。

“他不肯说话!”切尔维亚科夫暗想，脸色惨白了，“这是说：他生气了……不行，不能就这样了事……我要跟他说明白才行……”

等到将军跟最后一个请托事情的人谈完话，正要走进内室去，切尔维亚科夫就走过去跟在他后面，喃喃地说：

“大人！要是我斗胆搅扰了大人，那只是出于一种可以说是悔恨的感觉！……那不是故意做出来的，请您务必相信才好!”

将军做出一副哭丧相，摆了摆手。

“哎呀，您简直是跟我开玩笑，先生!”他说完，就走进去，关上他身后的门。

“这怎么会是开玩笑?”切尔维亚科夫想，“根本就没有开玩笑的意思呀！他是将军，可是他竟不懂！既是这样，我也不愿意再对这个摆架子的人赔不是了！去他的！我给他写封信好了，我再也不来了！皇天在上，我说什么也不来了!”

切尔维亚科夫这么想着，走回家去。给将军的信，他却没写成。他想了又想，怎么也想不出来这封信该怎样写才好。他只好第二天再亲自去解释。

“昨天我来打扰大人，”等到将军抬起询问的眼睛望着他，他就喃喃地说，“可不是照您所说的那样是为了开玩笑。我原是来赔罪的，因为我在打喷嚏的时候喷了您一身唾沫星子……我从没想到要开玩笑。我哪儿敢开玩笑？要是我们沾染了开玩笑的习气，那可就会……失去……对人的尊敬了……”

“滚出去!!”将军忽然大叫一声，脸色发青，周身打抖。

“什么?”切尔维亚科夫低声问道，吓得呆若木鸡。

“滚出去!!”将军顿着脚又喊一声。

切尔维亚科夫的肚子里好像有个什么东西掉下去了。他什么也看不见，什么也听不见，退到门口，走出去，到了街上，一路磨磨蹭蹭地走着……他信步走到家里，没有脱掉制服，往长沙发上一躺，就此……死了。

钱　包

［俄国］契诃夫

一个晴朗的早晨，三个流浪艺人斯米尔诺夫、波波夫和巴拉巴伊金沿着铁路的枕木行走时，拾到一个钱包。他们打开一看，立刻感到非常惊异和高兴，因为里面有二十张钞票，六张第二期有奖债券和一张三千卢布的支票。开始他们兴高采烈地欢呼，然后坐到路堤上，沉醉于喜悦之中。

“每个人应该分多少?”斯米尔诺夫数着钱说，“天哪！每人五千四百四十五个卢布！亲爱的，这么多钱真令人高兴!”

“我为自己高兴,”巴拉巴伊金说，“但我更为你们高兴，亲爱的，你们不会再挨饿和赤脚走路了。我为艺术而高兴……弟兄们，我要办的第一件事就是去莫斯科，下车后直奔艾姬缝纫店，对裁缝说：‘伙计，给我做一套衣服……’我不想演农民了，我打算演纨绔子弟和轻浮少年。我要买一顶大礼帽和一顶高筒帽。纨绔子弟戴灰色大礼帽。”

“为了庆贺，现在最好喝点酒，吃点菜。”最年轻的波波夫说，“差不多有三天了，我们光啃干面包，现在需要吃点好酒菜……是吗?”

“是的，这样不错，亲爱的……”斯米尔诺夫同意说，“有很多钱，但是没有吃的，我亲爱的。是这样，可爱的波波夫，你在我们中间最年轻，走路最快，你从钱包中拿一个卢布去买点吃的来，我亲爱的安戎儿……你看那儿是村庄！你看见山冈后面白色的教堂吗？大约有五俄里，不会再多了……看见了吗？那个村庄很大，什么都可以买到……买一瓶伏特加酒，一俄磅香肠，两个面包，一条青色，我们在这里等你，亲爱的……”

“真幸运!”他在路上寻思，“原来一文不名，忽然发了一笔小财。现在我打算回故乡科斯特罗马去，组织一个戏班子，自己盖个戏院。不过……如今五千卢布连个像样的棚子也盖不成。要是整个钱包都是我的，嘿，那就不一样了，可以盖一个大戏院——大家都赞扬的戏院。其实，斯米尔诺夫和巴拉巴伊金算什么艺人？他们是庸人，戴小圆便馆的下流坯、蠢汉……他们把钱耗费在小事上，而我会为祖国带来好处，也会使自己永垂不朽……我应该这样做……弄点毒药放到伏特加酒里。他们虽然死了，但是在科斯特罗马就会有俄国不曾有过的戏院。有一个人好像是马克·马冈说过，为达目的可以不择手段，而马克·马冈是一个伟人。”

在他边走边考虑时，他的旅伴斯米尔诺夫和巴拉巴伊金坐在原地，却有这样一段对话：

“我们的朋友波波夫是个可爱的小伙子,”斯米尔诺夫含着眼泪说，“我喜欢他，很器重他的才干，钟爱他，但是……你听我说，这些钱会毁了他……他或者喝酒把钱花掉，或者从事冒险投机活动，扭断自己的脖子。他这么年轻，对他来说，得这笔钱还算过早，我尊敬的老兄，我亲爱的……”

“是的,”巴拉巴伊金同意说，同斯米尔诺夫接了个吻，“钱对这么个小孩子有什么用处呢？对我们就不同了……我们都是有家室的正派人……多些卢布对我们就很起作用……你听我说，老兄。我们不要议而不决，过于心软，要拿定主意，把他干掉！这样，你和我就可以各分八千个卢布。把他干掉后，我们在莫斯科可以说，他被火车压死了……我也喜欢他、钟爱他，但是，我认为艺术的需要高于一切。况且，他像这根枕木一样无能和愚蠢。”

“哪能这样呢?!”斯米尔诺夫惊讶地说，“他很可爱，很诚实……不过另一方面老实说，我亲爱的，他是个十足的下流坯、傻瓜、阴谋家、挑拨是非和好诈的人……要是我们真的把他干掉，他倒会感激我们，我亲爱的……但为了不让他有什么抱怨，我们可以在莫斯科的报纸上登一篇沉痛悼念他的文章。这就对得起他了。”

说到做到……当波波夫从村庄带了食品回来时，伙伴们含着限泪拥抱他、吻他，一再说他是个伟大的艺人，然后突然向他袭击，把他杀害了。为了掩盖罪行，他们把死者放在铁轨上……斯米尔诺夫和巴拉巴伊金分完了钱后，非常激动，互相说了些悦耳的话，就吃喝起来。他们确信，他们会逍遥法外。但是，善有善报，恶有恶报。波波夫往伏特加里放的是烈性毒药，因此，这两个朋友还没有来得及喝第二杯酒，就躺到枕木上咽了气……一个小时以后，乌鸦呱啦呱啦地叫着，在他们的尸体上面盘旋。

由此可以得出一个教训：当有人装模作样地含着眼泪谈论自己亲爱的朋友，谈论友谊和相互的“团结”时，当他们拥抱您、吻您时，千万要警惕，不要为他们所迷惑。

在邮政支局里

［俄国］契诃夫

前不久我们埋葬了上了年岁的邮政局长“殷勤的老辣子”的年轻妻子。埋掉美人以后，按照祖传的风俗，我们到邮政支局去“追忆”（埋葬死者以后的一餐丧饭，用以纪念死者）。

当油煎薄饼端上来的时候，这个老光棍痛哭着说："油煎薄饼也是那么玫瑰红的，就同死去的女人一样。美人儿的脸色也是那样的，完全相像！"

"是的。"参加"追忆"的人附和道，"她实在是个美人……绝代佳人！"

"是啊……大家一看到她都会吃惊……不过，诸位，我爱她并非因为她美，也不是因为她性情温和。这两种品性所有女人天生都有，而且世上常可遇到。我爱她是由于她心灵的另一种品性。实实在在地说，我爱这死去的女人（愿上帝赐她进天堂），因为她尽管个性机敏活泼，但对丈夫依旧非常忠实。她对我很忠实，虽然她只有二十岁，而我快过六十花甲了！她对我，一个老头子，很忠实！"

同我们在一起吃饭的补祭（教堂内掌庶务的职员）发出牛叫般的声音和不断地咳嗽来表示他的怀疑。

"您不信吗，是不是？"光棍汉问他。

"倒不是我不信，"补祭为难地说，"不过……现在的年轻太太都很放荡……偷汉子，喜欢吃法国南方的好菜……"

"您是多疑了，我可以给您证明！我用各种方法，可以说是类乎筑城术的战术来把握她的忠实。在我的行动和机敏的性格面前，我太太决不会变心。我使用一种计策来保持夫妇间的一致。我会用暗示的办法。我就是说了这种话——好啦，在忠实这方面我可以高枕无忧……"

"是些什么话呢？"

"很简单。我在城里散布流言飞语。你们当然知道这种谣言。我对谁都说：'我太太爱琳娜跟警察局长"大胆好汉"伊凡·阿历克塞维支有暧昧关系。'光这句话就足够了。再没有人敢追求爱琳娜了，因为警察局长的脾气可不好惹。有时人们一看见她，反而跑开了，免得'大胆好汉'起疑心。嗨嗨嗨！要知道，跟这个翘牙须的好汉有了麻烦，那就够你受的了，给你打上五个妨碍公共卫生的控告。比方说，他看见你的猫在街上，就打报告说这是野畜生。"

"这么说来，您的太太没有跟伊凡·阿历克塞维支同居过？"我们惊奇地慢吞吞说。"没有，这是我的计策…嗨嗨……怎么样，小伙子，我骗得你们妙不妙？就是这么一回事。"约莫静默了三分钟光景。我们默不作声地坐着，觉得很受耻辱，并且感到羞惭，这个红鼻子的胖老头居然那么狡猾地骗了我们。

“唔，上帝保佑，下次你再娶亲吧！”补祭低声说。

怀　疑

［俄国］弗拉基米尔·科莫夫

刚从师范学校毕业不久，担任校长的库金，第一次见到区执委会副主席波兹尼亚耶夫怒容满面。

“昨天开会你去了吗？”

“去了。”库金答道，脸微微发红。

“我怎么没看见你呢？”

“那我就不知道了。维克托·哈里托诺维奇。”

“我现在就考考你，谁第一个发言？”

“区工业联合工厂厂长。”

“那第二个呢？”

“区计划委员会主席。”

“在他之后谁登上了讲台？”

“区集体农庄主席。”被盘问者紧接着抢先回答了下一个问题，“在他之后是炼油厂厂长。”

波兹尼亚耶夫慢慢走到窗前，陷入沉思：“也许会上我确实没有看到他，不过报纸的报道他不可能看到，因为报纸尚未刊载。”

“那决议草案是由谁宣读的？”

“区财政科长季什金。”

“对，”副主席若有所思地说道，“显然是我无缘无故地怀疑了你，我的视力变得……”

“不，维克托·哈里托诺维奇，您并没有错。”校长负疚地低下头，“我没有去开会，我只是很好地记住了通常发言的顺序。老实说，起初我害怕碰钉子，但这一次大家都准确无误遵照老规矩行事。”

此刻，副主席的脸变红了，他用一只手捂着眼睛，好像是为了防备刺眼的光线。“而我没有去开会，是因为我和孩子们在校园里劳动，一个月中头一次挤了点时间来，四个星期我参加了二十四次会……很难抽出一个休息日，但是，真倒霉，却让您发现了……”

查无此人

［俄国］鲍·克拉夫琴柯

“谁来的信？”他一边伸出手去，一边问道。

“弟弟来的。”她答道，同时用围裙擦着手，小心地坐在沙发边上。

“他怎么突然想起了写信呢？”他看看信封，若有所思地说，“三年来，音信全无，这下又心血来潮。”

“这有什么奇怪呢？想到要写，就写呗。”

“事情没那么简单！”他生硬地顶撞了一句。

她耸了耸肩膀，不耐烦了，说道：

“你来念吧，我还有一大堆衣服要洗。”

“你洗你的衣服，我又不碍你的事。”

她咬着嘴唇，一言未发。他拿着信封，翻来覆去地看了又看，就走进了厨房，把信封放在蒸汽上熏了熏，然后拆开，旋即回到房间。

“你看，还不是来要钱的。我说了嘛！他这个人是无事不烧香的。真是个机灵鬼。”

“也许发生了什么事情！”她心烦意乱地说道。

“他能出什么事?!”他挥一下手说，“并没有出什么事！你听，他怎么写的：‘如果有可能，就寄点钱给我。能寄多少就寄多少。’真是外文语言！”

“我们不是有多余的钱吗？”

“你说得多轻快！钱还能有多余吗？！得要让他知趣点儿，而不是给钱，他能过得下去的！”“你这是怎么啦？”“你想想，我们辛辛苦苦地成家立业，谁曾帮助过我们，这不是很明显的事吗？应该让他自己争气，卖点力气。可你看他，只会要钱！有了钱，傻瓜都会自立起来！”

“他会还我们的。”妻子不好意思地说。

“什么时候还？”他转身对着她，严厉地问道，“他什么时候自立过？他成家已经三年了。找个这样的老婆，是你的过错，还是我的过错？他是自作自受！”

“但是……”

“你去吧！洗衣服去！我自有主意。”

她走了。

他重又读了一遍信，把它放到一边，喃喃自语：

“真有他的！心眼儿倒不少！”

他穿上衣服，走出住宅。到了邮局，他把信封整整齐齐地封上口，走到营业窗口，把信递过去说：“这个地址查无此人……”

开会有益

［俄国］格·瓦·凯冒克利德哉

我弄不明白，有些人怎么竟然会抱怨我们各种会开得过多。一个人，若不是在会场里，那么在哪儿才能够从容不迫、乐在其中地工作呢？最后还要请问，在哪儿才能够如此舒畅、如此高雅地休息呢？

就在不久前，我参加了一个会。忘了是个什么大会，不过反正每个参加者在会上都各得其所。

举例说，我左边有一伙人，总有十二三个吧，在进行一场小小的象棋循环赛。我也参加了进去，不过没能获胜。

我发现那些参加者都是久经沙场、经验丰富的老手。

我的邻座，一位中年妇女，在用毛线织袜子。一只已经织好，另一只还差那么一丁点儿，全怪执行主席的总结发言还不够长。但是还可以谅解他，因为他似醒非醒。

斜旁边窗口那儿，坐着可爱的一对。就在这个会上，他俩相识了，谈论生活，倾诉衷肠。在休息时间，两人去民事登记处，交了结婚申请书，回来后吵了一场，在第二次休息时间，又去索回了申请书。

人人都各忙各的，我自然无法一一看清。但在我周围的几米半径以内，人人确实都没有白白浪费时间。一个函授大学生在做习题。坐在前排的一个姑娘，在写着二十多页纸的长信。姑娘身旁，有个人脸色严肃，在打草稿，写论文的开头部分。多少人在读着充满智慧的好书？多少人产生了光辉的、有益的思想？多少人设计成了深奥的谜语？多少人在预测曲棍球赛谁得冠军！……

起初，我不免为报告人抱屈：会场里的人们在增长才干，在提高修养，在发挥特长，可怜他却在台上无可奈何地照本宣读。不过后来，我从报告人的面部表情看出，他的思绪早已远离了报告，远离了会场。时而，在完全不该笑的当口，他笑容满面；时而，讲到意思非常显豁的地方，他露出若有所思的模样。这样的人也不会白白浪费时间的！

忽然，我发现主席团里，最旁边的椅子上坐着一个人，面目极其苦恼。他手足无措，局促不安。其他的主席团成员，或闭目养神，或同邻座窃窃私语，或两眼望着膝盖，同时翻动着书页。人人各有所好，只有这个坐在边上的人紧皱双眉。

我想其中必有缘故。也许，他遭到了什么不幸，无法向人诉说？休息的时候，我在走廊的一角找到了他，见他焦躁地抽着烟，便问他遇到了什么不痛快的事情。

“你想想看，居然有这么个恶毒的人！”他诉说，“我来开会，特地带了一本厚厚的侦探小说。可我们科室的苏包涅夫，竟推荐我进了主席团。我坐在主席团里，看书就不方便了。那个苏包涅夫真是恶作剧。我可饶不了他。”

我自然很同情这位满腔愤怒的同志，不过对于他的想法却不以为然。如果需要如此，有什么不方便呢？我就熟悉这么一位作家，他天天参加大会，而且总是被选进主席团。请想想看，他那一部部厚厚的长篇是怎么写出来的？

自己人中的陌生人

［俄国］佚名

一位客人走进家具店主任的办公室。

主任：您有何贵干？

客人：您要知道，不久前我领到一套住宅，我能否破例买到一套家具呢？

主任：为什么我们要对您破例呢？亲爱的同志，我们对顾客都是一视同仁的！拿着这明信片，请登记，然后按顺序排号吧！

客人：这个我知道……不过，谢尔盖·安德烈那维奇说过，您会帮忙的。

主任：如此说来，您是从谢尔盖·安德烈那维奇那儿来的人啦？您干吗不早说呢？好吧，我们给您想想办法，罗马尼亚家具您会中意吧？

客人：我想最好是南斯拉夫的。

主任：不，这无论如何不行。我们对谢尔盖·安德烈那维奇的人一视同仁——只卖给罗马尼亚的，为什么对您例外呢？

客人：这就怪了，谢拉费玛·尤里耶夫娜明明白白地向我暗示，您这儿有南斯拉夫的。

主任：您在说谢拉费玛·尤里耶夫娜吗？这就另当别论了。谢拉费玛·尤里耶夫娜远不是谢尔盖·安德烈那维奇。我们将破例给您做南斯拉夫式的——表面抛光、淡色蒙面。

客人：不过，伊万·库吉米奇说，似乎不抛光也可以。

主任：是伊万·库吉米奇亲口对您说的?!……亲爱的，您干吗老是兜圈子呢？我马上给您开票，您到收款处交款——不抛光、暗色蒙面的。我们对伊万·库吉米奇介绍来的人是一视同仁的。你干吗盯着我？

客人：哎，您哪！连一点羞耻之心也没有了吗？

主任：听着，您别糊弄我！这套家具您想不想要了？

客人：我并不需要您的家具，我是在写一篇商店出售家具情况的文章。

主任：请等一等，这么说，您是记者了？也就是说，您是报上说的那位彼得·彼得洛维奇介绍来的人喽？您干吗不早说呢？您若是早说，不就理应买到芬兰家具了嘛！

公民证

［前苏联］马里纳特

一次，某夫妇俩出发去海滨度假。他们要在那里痛痛快快地游泳，好好地晒晒太阳，像这样清闲地出去旅游，对他们来说生平还是第一次，而且到那没有风、到那水温暖得像餐桌上的茶一样的海边。

所在工厂给他们开了到“迎宾”休养所去的许可证。为了到休养所去，他们得乘电气火车、公共汽车，最后甚至要换古老的蒸汽轮船。可是，刚到那儿就出了新鲜事：休养所当局拒绝接收他们，不给他们提供膳宿，理由是夫妇俩都没携带公民证。是啊，公民是这样一种凭证，没有它，你别想得到一张床位，一把椅子。坐在走廊里等吧，期待吧。可等什么，期待什么呢？……要知道，规定就是规定。要是没带游泳衣，这好办，可以到离海滨浴场远一些的地方，各自穿着普通裤衩到海里去也没事儿。可是没有公民证，无证你到哪儿去也不行，甚至私营旅店也不肯留你过夜。

“梅兰尼娅，我们怎么办呢？”丈夫问妻子。

“亲爱的亚基姆，我怎么知道呢？”妻子耸了耸肩。

在这个“迎宾”休养所既没有你的床位，也没有你的餐桌，只有一个小卖部。

这样过了一天又一天。

“梅兰尼娅，我们怎么办呢?”

“亚基姆，我怎么知道呢?”

最后梅兰尼娅忽然想起该给母亲发封电报，让她把公民证立刻寄来。

又等了两天，最后总算盼来了珍贵的挂号信，信一到，邮局就通知了他们。他们高高兴兴地跑去领取。到了领取的窗口，他们拿出通知单，自我介绍了一番。

“看看公民证!”窗口里一个可爱的姑娘说。

“什么公民证?”亚基姆惊奇地问。

“当然是您的公民证!”

“他就在您手里，在这个信封里啊……姑娘，我们就是等它呀。”

“我不知道信封里是什么。但是，您就得交验公民证。”

第二天、第三天又去——还是白费口舌。这一对没有公民证的夫妇，谁的信任也得不到。

他们在“迎宾”休养所的领地上又闲荡了两天，在小卖部以夹肉面包和果汁为食，晒了几次太阳，游了游泳，然后摇摇头，动身回家了。又是轮船—电车火车—公共汽车。好了，总算到了基希涅夫，由此到家不过咫尺之遥——坐上车一个多小时就到了。

回到家，第一件事就是到邮局去领取公民证。按时间算，他们的公民证早该退回来了。

“我的挂号信从疗养区退回来了吗?”亚基姆问。

“退回来了!”女营业员回答说。

“谢天谢地！请给我吧……您不知道，为这封信我们吃了多少苦头啊！但愿谁也别再吃这苦头了……”

“看看公民证!”姑娘说。

“怎么？又是公民证！我们的公民证就在您拿着的信封里呀!”

“信封里什么我不感兴趣，可您必须得交验公民证才能取信。”

他们又到邮局去了两趟——还是白搭。

第三次去时邮局告诉他们：信又退到“迎宾”休养所交亚基姆收了，因为按规定信件留存不能超过一个月。

仆人西蒙

[前苏联] 阿·伊萨克扬

这是许久以前的事情。

我的一位朋友那里，有一个名叫西蒙的仆人。这个仆人侍候了他们好多年，主人家对他很满意。看来他对主人也很满意。

有一天，西蒙跑到女主人跟前，说：

“原谅我，太太，现在我要回家，回乡下去。说实话，我非常感谢您，可是，我再也不能侍候您了。”

女主人吃了一惊，说：

“为什么，亲爱的西蒙？我们一向待你很好。你在我们家待了这么多年，我们对你也很熟了。坦白地跟我说，那是怎么回事啊？是不是你对工钱不满意？要是这样，那就增加好了。我们决不会亏待你，你就照旧待在我们这儿吧。”

“不，亲爱的太太，我知道，您待我很好，工钱也不算少，不过，我还是要回家，回乡下去。说不定，过了几个月，我又会回来的。”

“为什么你在乡下要待这么久呢？那边有什么好玩的？”

西蒙不说话了。

“嗯，你说，为什么你突然决定要走？”

“亲爱的太太，既然您一个劲儿追问，我倒可以把真相说出来。”西蒙毅然回答，“我之所以要回家，就是因为我听自个儿的名字听烦了，不愿再听了。让我耳根清净些吧，要不然，我仿佛觉得自己快发疯了。成天成日我净听到这样的声音：‘西蒙，生茶炊去，要快点儿！’我生起了茶炊，不料又有谁在叫唤：‘西蒙，把老爷的鞋拿去，快点儿洗一洗。’我跑去拿鞋，正在洗鞋，声音又来了：‘西蒙！快点儿跑去叫马车，小姐要出门去啦！’我就跑去叫马车，撇下茶炊，鞋也没有洗好……我把马车叫来以后，又开始烧茶，接着洗鞋子。可是，不一会儿又有谁在嚷嚷：‘哎，西蒙老弟，你的茶在哪儿呢，我口里可渴死啦！快点儿跑去拿柠檬！’另外一间屋子里又传来老爷的声音：‘哎，西蒙，你怎么慢腾腾地在洗鞋。赶快把鞋拿来，我急等着穿哪。’

“我还没有把手从鞋肚里掏出来，门铃响了：‘西蒙，快去开门！’而紧跟着少爷又在叫：‘西蒙，跑去拿烟卷儿，要快一点儿……’

“唉，亲爱的太太，请您自己评一评：这样的日子怎么不叫人送命？成天成日净是听见——

“‘西蒙，上这儿。’

“‘西蒙，上那儿。’

“‘西蒙，快拿来吧。’

“‘西蒙，快跑去。’

“‘西蒙，快啊。’

“‘西蒙，西蒙，又是个西蒙……’

“这个名字像钻子穿孔似的，叫我耳朵直发疼——我在梦里也听见它，就是在夜间我也没有片刻安宁过。

“当我独自一人在家的时候，我仿佛觉得四壁也在叫唤：‘西蒙，西蒙！’

“我憎恨我自己这个名字——它弄得我又恼火，又迷糊。我真恨不得逃到天涯海角去，只是为了不再听见它。

“不，亲爱的太太，我实在再也没有力气了。太太，开开恩，允许我回到乡下去，让我耳根清净些……”

旋工的苦恼

［前苏联］达·谢尔盖

一次，我待在家里，突然有人按门铃。我开门一看，原来是位老太太。她的衣着普普通通，肩上披件小披肩，手里提着个日用手提包。

“您好。”她问了声好就脱外衣。

我一边帮她脱外衣，一边暗自思忖：“会不会是妻子塔木勃夫的哪家亲戚又来看望了？”

老太太坐在椅子上说：

“您猜对了，我是来做模特的。”

“做什么的？”我怀疑地睁大眼睛。

“这有啥不明白的，就是模特儿嘛！”

“什么样的模特儿？”

“平平常常的，您的同行兄弟，年轻的画家们模拟着画画的那种模特儿……”

“大娘，我不是画家，我是旋工，这是其一；我从小就没有画过什么画，这是其二；……”

后来才弄清楚，老太太已经退休了，从前曾在美术学院干点事。她显然把地址搞错了，找错了门户。我心里直乐，正待要替她去拿大衣，可没来得及。老太太固执地说：

“别瞎唠叨啦，画吧，有啥好说的！旋工嘛，以前当旋工，如今当画家，有啥不可以的。反正吉泽安、丘尔列尼索夫如今都不在了，正缺画家。画吧，有啥好说的，我这么大岁数来求您，总不能白来一趟吧？拿起您的颜色和彩笔，画吧，您是位年轻有为的画家，画吧，会画好的……”

“我没有颜料呀！”

“嗯。别着急，我这儿还有点陈货。”她说着便从提包里取出两筒。

磨蹭了约莫一小时，我觉得不画不行，老太太总缠着，只好画起来。我拿起画纸，便尽其所能地涂抹着。颜色只有蓝、紫两种，所以画出的画有点儿阴森可怕，更何况我本来就画不了什么画。

老太太展开画卷，品评地打量着我的作品。

“不错啊，孩子！对一个年轻画家来说已经够好的啦！真的，一看便知，是表现主义学派的，可也挺时兴的。……你在背面留上姓名吧。”

她收藏起我的画，拿着走了。

过不了多久，听说，城里举办了个青年画家作品展览，我涂抹的那张也挂出来了，还放在一个精致的镜框里……

于是我痛苦的艺术生涯开始了。

车间主任喊我去见他。

“你真行啊。瓦夏！大伙都听说了……风华正茂嘛……有文艺细胞。好啊，我们大伙来协助你！”

“维克多·彼得洛维奇，我不想……”

“别谦虚好不好，我们应该把方便让给你嘛。你是想让后辈人说我们扼杀天才还怎么的？这哪成啊！”

我一再推辞，可没人能听得进我的话。工会委员会很快就给我弄来了一大车颜料、画笔、画布等；连施工活都不让我干了，专事画画。厂方还给照顾了三间一套的新住宅。

“画家人人都有画室吧？有的！你也会有的。努力创作啊！大伙都为你的事操着一份心，写回忆录时可别忘了加上一笔……”

不得已，只好画画了。不能太辜负集体的一番好心，我涂抹了二十幅画，拿去给名家裁决。心想，嗨，这下可出大丑了，我的艺术生涯也到此为止了。全然出乎意料的是：名家阅毕，个个赞不绝口：

“嗯，有功夫，堪称佳作！一个满手打趼的工人，一个满腿是泥的农民，对艺术的造诣竟有如此之深，令人敬佩……”

“这哪称得上什么佳作！”我说，“你们不都看得出，这是瞎涂抹罢了！”

“不必谦虚啰，这对一个年轻画家来说，已经很不简单啦！”

“我还算年轻啊！眼瞅着就是四十岁的人了。”

“唉，老兄，您就是五十岁也还是年轻的艺术家呀。问题不在年龄嘛……”

我不以为然地吐了口唾沫，只好回家再涂抹。使我感到不安的是：工厂里的群众代表常有人来家看望我。须知，这是在他们的亲爱的集体里栽培起来的一位天才人物，谁个能不感兴趣呢？可是，哄弄人怎么得了？不过，如今在我心中油然而生的却是对那些上了年纪的青年作家、导演和作曲家们的同情。……谁知道，会不会再有哪位老太婆也把他们好端端的生活给断送掉呢？

精品文学书系

失 眠

［前苏联］卡聂夫斯基

今天我很早就上床了，躺下时才10点钟。可是仍然毫无结果，还是睡不着。妻子对我说："你数数吧，数到1000。这好像有点作用！我每晚都数到100万。"那又怎么样呢？好，我也来试试。

1……2……3……昨天校长把我叫去了3次：为什么迟到？为什么朝同事们发火？为什么不交计划？要是他也和我们一样睡不着，就不会提出这么蠢的问题了！把人弄得长时期地失眠，而这会儿又来挖苦人！

……8……9……10……我在学校干了10年了，可是却叫莫萨金去当小组长。你想想看，我晚上连觉都睡不着，还得忙着搞副博士答辩。也许我也像科学院院士那样睡不着吧。可是谁来管你这个？

……17……18……19……19个人都得到奖金。除我之外，全组都得到了。而且他们还那么若无其事的。那你就放心大胆地睡吧，我亲爱的同志。

……30……31……32……一共32个平方。但是巴巴扬涅兹却有48个平方，3个房间。人家有3个孩子！我哪怕能美美地睡上一次也行嘛，那样，我也会有3个孩子的。

……118……119……120……这只是算出来的数目罢了，扣除之后就只有104了，比所有的人都少。皮楚金娜才从学校毕业出来，可是已经拿140卢布，而且全用来买化妆品了。她的钱往哪花嘛，她做一条裙子半公尺衣料就够了，但是我每个月光安眠药就得花10卢布。

……6000……7000……8000……8000白血球。医生说，这是最高程度了。我已经达到了这个极限了，可是却让纳哥涅奇内去休假。我的专业知识还少了不成！就是让我到结核病疗养院去也好嘛，我得自我拯救一番呀！这不，思维迟钝了，眼也花了，脑子里也嗡嗡地乱响。喏，你瞧，已经是早晨7点了。我正好这个时候才有睡意。又要睡过头，又要迟到，校长又得来那套老生常谈了……去他妈的吧！还是身体重要。

大家都……静极了……我就睡吧。

捞奖金的桶

［前苏联］维连斯基

在设计处我们左思右想，终于想出来了：用塑料桶来取代镀锌桶，这样可以大大节约金属。

当然。塑料桶在这之前就有了，但不知道为什么还没有在我们的日常生活中扎下根来。我们想出来的桶是透明的，洁净得像水晶玻璃。它像大酒杯上粗下细，很逗人喜欢，永远不会生锈，桶底有什么东西也逃不过人的眼睛。

好啦，我们把我们的发明带到铁桶厂，厂里人看了看，问道：

“这样的桶多少钱一个？”

“是你的桶的十分之一。”

“你说什么？”厂里的人惊叹不已，“不行！”

“为什么不行？”我们万分惊奇。

“就是因为太便宜了。”

“要知道，这正是它的优越性。而且很美观。请看一看，多漂亮，美极了！”

“有人对它大为赞赏，有人却会因它而在遭亏损哩！”厂里的人叹息说。

“谁会大遭亏损？”

“我们。”

“这是为什么呢？”

“因为产值计划是以卢布计算的。我们现在计划要生产出价值一百万卢布的产品，如果生产你们的透明小桶，我们要达到十万卢布都成问题。这样，是没有人来赞扬我们的。”

“可是节约了多少金属啊！”

“也节约了我们的奖金。不，朋友，随你想出什么样的桶来，条件只有一个，就是我们的奖金不能丢。而奖金，请不要忘了，是从完成多少卢布的计划中开支的。”

还有什么好说的呢？我们回到科研所，心里很不痛快。大家想来想去，终于想出办法了：给我们的透明塑料桶的提手做一对纯金套环。这样一来，桶就比老式的铁桶贵十六倍。

我们就这样办了：把金套环铆在透明桶上，再把塑料提手嵌到金套环里。

我们来到工厂。

“这下子你们该喜欢了吧？”

“这是什么？”

“这不是普通的套环，是金的。这样，请原谅，新桶比你们的老式铁桶贵十六倍。”

“上帝呀，干吗要请原谅呢！你们为我们做了一桩皆大欢喜的事。这样一来，我们得的资金就要多十六倍了！”

于是，他们做好了安排，生产我们的桶——透明，而且带金套环的。

过了一段时间，我们决定到工厂去一趟，去查看一下生产的进展情况。师出有名：发明者的监督。这个差事落到了我的头上。

我来厂里找到了总工程师：

“喂，你们的新桶生产得怎么样了？行吗？”我问。

“太棒了，真高兴得不行。我们得到各种各样的奖金。”

“究竟怎么样？”

“是这样的，第一，完成了计划产值；第二，节约了金属；第三，节约了黄金；第四，生产实现了合理化。”

“你们怎么节约黄金的？”

“很简单，一个套环做成金的，另一个做成铁的，这就是合理化。”

总工程师满面笑容，好像太阳照进了办公室：工程师满口金牙。大概是因为节约了黄金。

狗的嗅觉

［前苏联］左琴科

商人耶列梅·巴布金的貉绒皮大衣被盗了。

耶列梅·巴布金大声号叫起来。您知道吧，丢了大衣他可真心疼啊！

“公民们，”他说，“那件大衣实在太好啦。真可惜呀！钱我倒不在乎，那贼我可是一定要抓到。我要当面啐他一脸的唾沫。”

于是，耶列梅·巴布金打电话喊来了刑事侦查警犬。来了个戴便帽、缠裹腿的人，牵着条警犬。这只狗真难看，棕黄色，尖嘴脸，那样子就不讨人喜欢。

那人使劲拍了一下警犬，让它嗅了嗅门边的足迹，说了声“嘘”，自己就站到一旁去了。狗嗅了嗅空气，望了望人群（人当然围了一大群），眼睛突然盯住五号住宅的老太婆费克拉。它走到她跟前，嗅她的衣襟。老太婆急忙闪到人群后边。警犬就扑向她的裙子。老太婆往一边躲，狗在后面跟着她，一口咬住老太婆的裙子，死也不放。

“是的，”她说，“我被抓住了。我不抵赖。我搞了五桶酒曲这是真的。还有一套酿酒的家什，这也不假。东西都在浴室里。您把我送民警局吧。”

人们当然都惊叹了一声。

“大衣呢？”有人问道。

“什么大衣呀，”她说，“我可一点儿也不知道，见都没见过。其他那些倒是真的。您把我带走吧，您处罚我吧。”

于是，老太婆被带走了。

侦探又牵起警犬，拍了它一下，“嘘”了一声，自己闪到一边。

警犬向四周望了望，嗅了嗅空气，突然走到公寓管理员跟前。

公寓管理员吓得脸色苍白，往后便倒，跌了个手脚朝天。

“你们把我捆起来吧，”他说，“好心的人们，有觉悟的公民们。我收了水费，可我自己把那些钱都乱花了。”

住户们当然都向公寓管理员猛扑过去，把他捆了起来。说时迟那时快，警犬扑到七号房主跟前，扯他的裤子。

这位公民也吓得脸色苍白，倒在众人面前。

“我有罪，”他说，“我有罪。我把劳动手册上的年龄改了一年，的确是这样，我这坏蛋本来该参军服役，去保卫祖国，但我却待在七号房里，享受电器设备和其他公用福利，你们把我抓起来吧！”

人们不禁大惊失色，心想：

“这狗真叫人莫名其妙！”

商人耶列梅·巴布金眨了眨眼睛，向四周看了一下，掏出钱递给了侦探。他说：

“您把狗带走吧。真见鬼。我的貉绒大衣丢了算了。算啦……”

可是那狗却走过来了。它站在商人面前，摇着尾巴。

商人耶列梅·巴布金吓得手足无措，躲到一边，而狗却跟着他。它走到他跟前，闻他的套鞋。

商人脸色苍白，垂头丧气。他说：

“这么说，老天爷真是有眼，我是个畜生，是个骗子。诸位，大衣不是我的，是我从我兄弟那儿骗来的。哎呀，老天爷，我算完啦！”

人们呼地一下四散奔逃。狗也顾不上闻空气了，一下子就扑倒了两三个，咬住不放。

这些人都表示低头认罪。一个用公家的钱赌过牌，另一个用熨斗揍过自己的老婆，第三个说的话要是写出来，实在有伤大雅。

人们都逃之夭夭。院子里空了，只剩下警犬和侦探。

突然，警犬走到侦探跟前，摇着尾巴。侦探脸色发白，扑倒在警犬面前。他说：

“你咬我吧，好兄弟。我给你领的狗膳费是三十个卢布，可我却揩了二十卢布的油……”

后来怎么样，我也不清楚。我怕惹火烧身，也赶快溜之大吉。

首长学步

［前苏联］柯坚科

盛春时节，我在公园里看到一个可笑的场面：在一旁的林荫道上，一位打着领带，上了年纪的大叔正站在幼儿学步车里练习走路，一群人在他周围忙活着。

“勇敢点，勇敢点！”他们喊着，“先迈一只脚，再迈另一只……好样的！”

我走过去小声问其中一个人：

“这个老小孩多大了？”

“五十岁。”

“他生下来就不会走路吗？”

“原先会走。”

“那是得过病？”

“哪里得过病！这是我们首长。他一天到晚都坐在办公室里，而且上下班都有汽车接送，于是就连路也不会走了。”

“那么在你们机关内部他怎么活动呢？比如说吧，怎么从大门口走到办公室？”

“机关里人们用手抬着他走。”

“他难道就不反对吗？”

“那还用说！他总是竭力挣扎，但是下属们人多势众，而首长只孤单一人。昨天他去保险柜取大印，刚迈出两三步，就直挺挺地摔倒在地毯上了，真可怜！他已经完全不会走路了。您看，我说起来就没完没了……”

于是，我的谈伴也加入了他同事的行列，大声叫嚷着：

“太好了，格里戈里·伊万诺维奇！现在就让我们拿开学步车来试一试……走啊，自己往前走……”

首长站在长椅旁，环顾着四周，希望有人去搀扶他，但他得到的只是精神上的支持。所有的人都跑到前面去了，打着手势，招呼他往前走。

“我害怕。”他承认道。

“无论什么事只是在开头有点害怕，”学步顾问解释道，“万事开头难。您就这样想，譬如说，本季度就要结束了，您需要把计划规定的任务拿下来。可是，现在什么都没有：没有时间，没有原料，没有设备……但是，您还是得去做……别害怕，大胆向前走……一——二，一——二……”

女秘书对首长动了怜悯之情，她一边擦着眼泪，一边嘟哝着：

“干吗还非要他学会走路？只管让他当领导好了，跑跑颠颠的事我替他去办。”

首长鼓足了最大的勇气，用手一推，离开了长椅，像一只企鹅那样，摇摇摆摆地倒换着双脚，歪歪扭扭地在林荫道上走了起来。科长在前边奔跑着，不断地轰赶着过路的行人。

“会走了！会走了！”响起了一片欢呼声。

“真是奇迹！首长学会走路了！”女秘书不禁大声哭起来，那声音整个街心公园都能听到。

他每走一步都引起了热烈的掌声。加急电报立刻飞向了总局，传去了首长已经战胜最初二十米的捷报。总局立即发来了贺电，向整个集体表示祝贺。

“把首长抬起来向上抛！抬起来！”下属们敞开怀，热情地伸出双手，高声欢叫着。

首长惊恐地回头看了一眼，加快脚步向前走去，接着便跑了起来。但是，他哪能跑得了呢！全体成员都紧追不舍。他们终于追上了他，又把他举起来，抬走了……

绑　架

［俄罗斯］鲍丽索娃

报案记录：

“12 月 31 日 23 时 26 分某住宅发生一起绑架案，公民 K. 帕涅列沃佐夫被人直接从年饭桌旁劫走。劫持者佯称给他送来一份电报，将他唤出门外。此后该公民再也没有返回住所。现场未发现任何踪迹。”

……在汽车里人才清醒过来。我的右边坐着狐狸，左边是野猫。开车的是讨人喜欢的大马猴。“他们想向我勒索什么？钱？职务机密？”我思忖着。

汽车停了。重要的是记住这个地点。这幢楼房我似乎在什么地方见到过……我们沿着楼梯向上走，走了很久、很久、很久。

“我们应该乘电梯才对。”我壮着胆子说。

“电梯开不动！”狐狸叹了口气说。

“快走，要不就迟到了。”野猫催促着。

绑架者使劲用肩撞门。撞了五次，门才抱怨似的带着断裂声开了。野猫和狐狸把我推进过道。

这套房里挤满了大大小小的狐狸、野猫、棕熊、野兔。看来，这里似乎聚集了动物界的全体代表。

“我们请您赴宴。”昏暗中传来狗熊的声音。

“谢谢。我可以洗一洗手吗？”其实，我是想赢得时间。

“自来水管不上水。”

“真是怪事。那么，开开灯总是可以吧……”

“线路有毛病。”公猫呼噜噜地说。

“哪儿透风？”我埋怨道。

“墙没抹实。”狗獾马上接茬解释说。

“那……让我靠近暖气片行不行？我冻坏了？”

“暖气片，那是凉的。还没有接上供热管道哪。”野兔抱怨说。

“既然如此……你们为什么要搬进还没有竣工的住房呢?”

“这房子已经竣工了，是符合验收标准的，而且还是您亲笔签收的。这就是我们请您来庆贺我们乔迁之喜的原因。”

“原来如此，怪不得这幢房子我似曾相识！是的，是我签署了那个该死的证书……可那是施工单位求的情……并保证很快完成所有的扫尾工程……”我暗自思忖，甚至觉得浑身燥热起来。我推开阳台门，向前迈了一步。

“当心!”野猫尖叫一声，“那儿没栏杆……”

“你早该提醒我呀!”我喊道，同时一头栽了下去。

然而，新年之夜万事大吉大利，我也安然无恙地着了陆，两脚蹬在我那些建筑业同行们竟然没有清除的大堆施工垃圾上。

法　官

［奥地利］卡夫卡

传票要求我以证人的身份到法庭作证，于是我平生第一次走进了法庭。门那么多，走廊那么多，我向人打听传唤我的地方法庭在哪里。他们告诉我：往里走，一直往里走。走道上阴冷幽暗，腋下夹着公文包的人们来去匆匆，交谈时用的是密码般的语言，里头常夹着拉丁词。所有的门都一模一样，门旁有一块铜牌，由于年长日久，上面刻着的字已经模糊不清。我打算拦住夹公文包的人，请他们指一下路。可是他们对我怒目圆睁，回答道：ibuty，aquo，utretro（拉丁文法律用语）。我在这座迷宫里走得精疲力竭，最后随便推开一扇门走了进去。一个身穿光亮绸上衣傲气十足的年轻人走过来。我告诉他：我是证人。他说：你得在这儿等。我便开始等，小心谨慎地等，一等等了五六天。这时我感到不耐烦了。主要是为了解解闷儿，我开始给那个穿光亮绸上衣的年轻人帮起忙来。不多久，我就知道一场场初看起来完全相同的诉讼各有各的特点。腋下夹公文包的人和我相识了，彬彬有礼地同我打招呼，有的还塞给我装了钱的小信封。我不断进步，到了年底便进入法院的里屋办公。我在那儿坐在写字桌后边，起草一份份判决书。一天，法官把我叫去。年轻人，他对我说，我对你很满意，决定让你当我的秘书。我结结巴巴地向他道谢，却发现他没在听。他眼睛近视，身体极胖，面色苍白，白得只有在暗处才能看见他。他逐渐养成了一个习惯：只相信我一个人。要是我老婆活着，现在会是什么样呢？他常常叹息，她还能活过来吗？我的孩子呢？老大今年该二十了吧。不久，这个郁郁寡欢的人去世了，我相信是去世（也可能只有消失）。我顶了他的空缺。从此，我便成了法官。我颇具修养，很受人尊重，人人称我为阁下。那个穿光亮绸上衣的年轻人每次走进我房间，都要鞠躬行礼。我觉得他好像不是第一天接待我的那个年轻人，可是他同他长得很像。由于整天坐着，我体重日渐增加。我视力变得很差：白昼黑夜都用人造的灯光是很伤视力的。可是我在别的方面得到了补偿：不管天冷天热，都穿同一套衣服，这样钱就省下来了。此外，夹公文包的人递过来的信封比以前更厚了。一个仆人专门给我端饭：有肉、有菜，还有一只苹果，跟他端给我前任的一样。我躺在沙发上过夜，浴室稍嫌小了一些。有时我会想念家和家人。某几天（如圣诞节）里，待在法院味道不太好受，可有什么办法呢？我是法官呀。昨天，我的秘书（一个值得称道的小伙子）要我在一份判决书上签字（判决书是由他起草的）。这是对一个作伪证的人的缺席判决，判决的结果是：罚款和取消为原告或被告做证人的资格。这人的名字我隐隐约约地觉得眼熟。不会是我的名字吧？不过，现在我是法官，所以就在判决书上签下了我的名字。

保　险

［奥地利］罗达·罗达

五月里我在加拉兹刚买下那幢别墅，奥林匹亚保险公司的经理人就接二连三地登上我的门，要我无论如何应该参加保险。

我久久没有答应，最后不得不屈服，参加了下列保险。姑母人身事故保险，别墅天灾保险，家具火灾保险。但是总的说来，我和“奥林匹亚”打交道得到的经验是并不愉快的。

我该对您怎么说呢？六月十三日星期五，我们这儿发生了雷击。姑母被雷击而死，一顶雨伞被毁坏了，而钢琴呢，它烧了起来。

好吧，我自言自语地说，既然姑母已死了，我自己对音乐又一窍不通，就让它去烧吧。这时，我把保险单看了一遍，后面印着规定事项，看到第十九条——我应该立刻去报告损失。

但是要报告损失，我得知道钢琴烧到了何种程度——在右半边，大概烧到 Fa 键时，火自己灭了。

当天，奥林匹亚分公司经理吉楚先生很快来了，并且问道：“说吧，发生什么事啦?”

这样的开场白令人感到事情不妙。

我领他走向钢琴，默默地指着它。然后一句话也没有说就让他去看沙发上的姑母。

他仔细地看了她，并带着责备的口吻说道：“嗯，她已经不是很年轻的人啰——此外还有别的什么东西吗?”

“还有!”我答道，并把令人寒心的雨伞残骸指给他看。

“事情的整个过程，”经理说道，“是非常可疑的，这究竟是怎么发生的呢?”

“哦，这件事发生得快极了。三点钟左右，我们安逸地坐着……”

“开着窗子吗?”

“是的。”

“开—着—窗—子。”经理重复了一遍，并记录到他的工作笔记本上。

“我们是这样坐着的。姑母坐在钢琴前面，我坐在这儿，椅子上。外面下了一会儿阵雨。姑母轻轻地弹奏着《英雄交响曲》，并且有一次转过脸来问我：‘你原来不是喜欢吃鹅油的吗?’这是她说的最后一句话。突然打了一个可怕的雷，我眼前一阵昏黑。当我抬头一看，钢琴起火了。”

“更是奇怪，”经理面带愠色地摇摇头，然后怒视着我，“这件事得由法院来调查。”

“先生!”我说道，“干吗要由法院调查？您认为是我自己点火烧死姑母的吗?”他没有回答，走近钢琴，然后依次按了按琴键。

“低音还行。”他说道。

我真火了，随即说道：“嗯，您好像对音乐一窍不通啊。低音本身根本没什么单独用处，它只是起伴音作用。要是那奏出喜人音调的整个右半边琴键坏掉的话，哪里还会弹出一首人们爱听的欢快乐曲来呢?”

“我亲爱的罗达先生，我虽然不是乐队指挥，也不是作曲家，可是就我所知，真正庄重的乐曲是用左边的低音键弹奏出来的。可闪电是朝右边方向击来的。您姑母显然是弹了一首庸俗的黄色流行曲。请注意，身旁的窗子是开着的，而且是在雷阵雨情况下。是您把窗子打开的吗?”

“不是。”

“那么是谁呢?这点必须弄明白。此外，罗达先生，使我疑惑不解的还有那把雨伞。您是从哪弄到的?它毕竟不是从天上掉下来的。如果您断言是买来的，那么就请把发票拿给我看看，因为这些时候在咖啡馆里经常听到雨伞被偷的事。还有，您姑母是撑着雨伞弹琴的吗?——窗子敞开着——我的先生，是它把雷电引来的。您说，在罗马尼亚整个夏天要发生多少次雷击?如果我们公司每次都要赔一把伞的钱，那么，保险公司会落到什么地步?——您估计您姑妈值多少钱?”

“保险单上规定为一万法郎。”

“哈哈哈！这个老太太——一万法郎！真叫我不得不放声大笑。您这位姑妈，她一分钱也没有挣过，只是您家的一个经济负担。您，倒是您应该付给我们一些钱，先生！而这位太太——可怜，像她这把年纪，还喜欢干这种风流韵事，冒着雷雨弹奏那些下流的歌曲——而且是在撑开着雨伞的下面——真是不知害臊。不行，不行，我亲爱的先生，您读一下我们的章程，第三十一条第一款：公司有权以实物赔偿损失，即提供一件与被损物品具有同等价值之物。恰巧我们有一个在布加勒斯特的一次火灾中幸存下来的和您姑母同年龄的妇女，我们可以把她赔给您。钢琴嘛，我们出钱叫人来给您重新油漆一下，并且绷上新琴弦。但，您得给我写一个字据，事情就算了结！至于从咖啡馆给您偷一把雨伞来，这可不是一个保险公司的义务——这个事劳您驾自己去办吧。”

这就是我和奥林匹亚保险公司打交道的经过。

遭殃的机关

[匈牙利] 厄尔凯尼

现在知道“遭殃的机关”的人已经越来越少，看来已经到了我向人们谈谈是什么事使我们机关遭殃的时候了。

本来我们的机关和别的机关没有什么不一样，充其量只是我们的勃朗特·尤若夫局长比别人更威严一点就是了。一进机关大门，迎面就是他一人高的站立塑像，这是局长六十寿辰之际全局六百个业余雕塑家应征作品中被评选委员会挑中的那个。塑像的一只手威风凛凛地指着进来的人，另一只手指着挂在墙上的横幅，横幅上写道：“你今天打算做什么来让我对你感到满意?”局长在厕所里也打发人挂上他的肖像，下面写的话是：“别在这里偷懒，你不想想，连我也把烟戒了?”

勃朗特局长在一个改装过的保险箱里办公。他办公真可以说是办来全不费功夫。无论谁，无论请示什么事，一概不见。不过倒也不是真的一个也不见，如果有人前来告发机关里某人居然在局长背后发表了语带不敬的轻率言论，那当然另当别论了。告发者只要把保险柜的开关拧到“敌人”那格，柜门就会启开，他便获准入内，面陈详情。如果报告属实，那么对领导不敬者就得从机关里卷铺盖滚蛋。如果报告不属实，那他也得卷铺盖滚蛋，因为总是事出有因，否则别人怎会把有损局长威信的不实之词粘在你的名下呢?

勃朗特局长君临全局为时六年，其间他周围的人换了十二批。第六年末勃朗特局长突然病逝。虽然他亲自例外批准两名高级工作人员可以上教堂为他做祷告，但看来没有起到作用。

局长驾离人间后的第二天，全局职工云集俱乐部大厅开追悼会。勃朗特局长的遗像围上黑纱，相片下面——按照他的遗言——挂着一条横幅，上面写道：“物质不灭，精神不死，本局长永在。”新局长还没有到任，由副局长契本代致悼词。契本代副局长站在俱乐部礼堂的尽头，面对局长遗像宣读悼词。站在前几排的人都好像看到已故局长在镜框里时而赞许地点点头，但当契本代说些啰唆、平庸的话时，他就皱起眉头。致悼词从早晨八点钟开始，于次日下午六点半结束。当悼词　念完，契本代副局长把讲稿的最后一张纸放到桌子上，然后宣布，为悼念勃朗特故局长，全体起立，默哀一分钟。从此开始，我们局就变成了货真价实的“遭殃的机关”了。

为了竭力压制沉痛，或者表示自己正在竭力压制着沉痛，起立的人都双手扶着前排的椅子背。格盖尼同事（他常常腿抽筋）刚一起立，就打了个失脚，但契本代副局长严厉地瞪了他一眼，他马上就站直了。格盖尼知道，人们对局长哪怕只要有一丁点不逊之举，副局长们是从不手软的。

大家站着，等有人做个动作，咳一声，或者用其他什么方式表示一分钟已到了，可是全场鸦雀无声。

一分钟肯定无疑是过去了，但谁也不认为自己可以出来表示一下。算起来最适合说这句话的契本代，连表也不敢看一下，他担心着要为此丢官。干吗正好要副局长来打破这庄严的气氛呢？有的人眼看着围黑纱的遗像，暗暗担心自己的饭碗，谁也不怀疑，勃朗特局长说“物质不灭”绝不是信口开河，他们相信，任何人敢斗胆从最后敬意的六十秒钟哪怕克扣一秒钟，就会遭到局长来自另一个世界的处分。同时，谁也忍不住偷偷地想笑，看看到底是哪一个糊涂家伙第一个出来打破沉默，那么他就会被脚不沾地地踢出机关去。不少人正在盘算，这无疑是为提级创造条件的大好时机。

最后使事情彻底变为悲剧的是墙上的那架挂钟。大概也是为了表示哀悼吧，它停了。大家就永远地失去了能不冒大不韪而断定一分钟已经过去的机会。

天破晓了，后来黄昏又来临了，但是一分钟的默哀还在继续进行。直到新任命的局长到任，请大家节哀，请坐下或者请回家，但人们还是默默地站着。尽管大家都想结束这场默哀，可是没人敢理睬一下新局长，每人都担心：是他第一个坐下来的。

两星期过去了。由于俱乐部别有用途，新局长只好派人把开追悼会的人们装上卡车（他们还是这么站着，本来是怎么站着的现在还是怎么站着，要动手术都不用另摆姿势了），运到医院，医院不接受，于是就运到了“最新现代史博物馆”的一个特别陈列室。

“遭殃的机关”全体人员从此就在那用一条红绳子围着的地方站着，扶着前排椅子背，眼睛瞪着前方，好像还在看着勃朗特故局长的遗像。

博物馆的看守告诉人们说，默哀的人常常在深夜轻轻地叹一口气，稍微动一下腿，好像想活动一下，但接着又从眼角里偷偷看着别人，继续一丝不苟、毕恭毕敬地站着。

伯爵的裤子

［匈牙利］哈太衣

上一次我遇见我的体面的朋友颇勃罗虚伯爵时他比平常的时候都还穷，有好久没见过金钱的面，甚至连想也不曾想起了。他碰见了我，似乎也不大高兴，大概因为他的一双精于鉴赏的法眼，已经看破了底细，知道我和他正是同病相怜，尽我的所有，至多不过能付一杯咖啡的钱罢了。话虽如此，我们俩却仍旧踏进了一家咖啡店里。

“上次我看见一张值一百克伦的钞票，那是正月里的事。”伯爵说，说时带着羡慕的神气，“那张钞票是美丽……还是全新的，而且没有皱折……是一位约莫三四十岁光景的先生拿出来结账……他坐在那边靠着窗子，就是现在那位太太坐着在看‘Figueroa’报的那个座位……我从这里看过去，十分清楚……当时我看得很仔细，仿佛我预先知道只有一次，以后再没有机会看见同样的美丽的钞票了……”

伯爵沉默了半晌，我想用话去安慰他，可是想不出话来。

“我是一个伯爵，”他说，“可是我倒也愿意和下贱的金钱握手。真是说也说不尽，要是我有这一个钱币揣在怀里，我将怎样地珍爱啊！我一定紧紧地藏着，连风吹也不许吹坏它，而且……”

忽然听到了一种碎裂的声音，伯爵的脸色变为灰白，他就不说了，然后他向身上摸索了一回，很伤心地说：

“钉子把我的裤子撕破了，现在我的裤子已在钉子上，我也只好吊死在旁边了。我只有这一条裤子，才算是从荣华的日子留下的唯一纪念品，但是现在一切都完了。”

我正打算送一条裤子给他，他却已按铃叫堂倌过来。堂倌便立刻毕恭毕敬地站在这位伯爵老爷跟前。

“掌柜呢？掌柜在哪里？快去叫他来！”

那堂倌立刻出去，掌柜果然来了。伯爵摆起一副大架子，向他说：

“当我踏进你们的不大体面的铺子的时候，这条裤子，你瞧，还是很新没有破的。我就好好地坐在这把椅子上，和我向来坐在那家著名的大咖啡馆时一样的坐法。后来怎样呢？钉子竟会把我的裤子撕破了。你明白没有？是那脱出了的钉子！”

“真是糟糕！”那掌柜说。

“是啊，真是糟糕！还亏你说得出！”

“你老别生气！小的一切都知道。这裤子值多少？”

“三十法郎。”

“你老请收了罢！”

掌柜拿出三十法郎赔还了伯爵，就出去了。

颇勃罗虚瞧着我，颇有得意的神色。

“这是非罚他一下不可。可是还坐在这里做什么？我们还是上别家咖啡馆去吧！”

他吹着唇立起身子，重新向那椅子瞧了一瞧，这椅子使他交了三十法郎的鸿运。

“害人的钉子！”他说时便把那钉子拔去，“不然，还会撕破了别人的裤子呢。”

这时伯爵的兴头已和刚才大不相同了。他差不多是跳着舞着，踏进了最邻近的一家咖啡店。在那里他拿了许多东西，大喝特喝，有了三十法郎，他像是永远用不了似的……他扯东扯西地讲了许多不断头的话。忽然又停住不说。

“真是怪事。”他很激动地说，“难道竟是着鬼迷了。”

“是什么事？”我惊异地问。

“我又坐在一枚钉子上了。”

于是他又喊了堂倌，吩咐他去叫了掌柜来。

“当我踏进你们的不大体面的铺子的时候，这条裤子还是很新没有破的。后来怎样呢？钉子竟会把我的裤子撕破了。”

那掌柜立即赔还了三十法郎给伯爵，伯爵拿了钱好像还不大高兴的样子了。

我现在无须再说，走进了第三家咖啡馆里重新又撕破了裤子，而且在第四家第五家里也都一样。我到那时才起了疑心，便离开了他。

“你大概想着我是行骗，不是吗？”伯爵问道，“但是这实在是有意行骗……我坐下的时候，总是恰巧在钉子上头，不过钉子，是我自己带着的……无论到哪里，都带在身边。”

直到夜里，他用了他的裤子，总共弄到六百法郎。

财政部长的早餐

［匈牙利］卡尔曼

餐厅里只有两张桌子铺着桌布，其他桌子上是没有的。没有桌布的桌子，那是属于民主党人的位子。现在，腊肉放在玻璃器皿里，上面盖上玻璃罩。瞧，这多么令人羡慕呀！

两张桌子，这张桌子的桌布又比那张桌子的桌布洁白得多。就在这张桌子上，摆着一瓶西班牙名牌酒；一只空碟子，是用来盛切成薄片的腊肉的；还有一只小碟子，上面是精致的方糖。

椅子摆得很端正，跟别的椅子大不一样，这是为了不让人们坐错位子，以致产生不必要的误会。

当那些拥护政府的代表步入餐厅时，脸部总是流露出羡慕的神情，张望着那张桌子，仿佛要对别人说：政府的事务有多忙呀！还用尊敬而又有点抱怨的口气说：

“财政部长还没有用早餐呢！”

新代表进来了，他们便指着桌子介绍说：

"财政部长将要在这里用早餐。"

一个叫维尼的代表走了进来，匆匆忙忙地想要往那儿坐，但当他的膝盖碰着下垂的桌布边沿时，桌子上的瓶子、碟子就开始叽里咕噜地发响，意思是说：

"财政部长马上就要来了！"

维尼立刻觉察出来，道歉说：

"对不起。是的，财政部长将要在这里用早餐。"

他猛地站了起来，赶忙朝另外一张桌子走去。那儿的桌布没有这儿的洁白。现在，一些代表正围坐在那儿消耗红酒和西班牙名酒，还有腊肉片，热烈地讨论着各自代表的党的观点。

"我认错桌子了。倒霉的近视……"

"别说倒霉嘛！"一个政府党的代表说，"不久，就要提名你当主席啰！"

"对，对。但刚才我却坐到那儿去，那是……"

"可不是吗！那是财政部长用早餐的桌子嘛！"

"嗯，见你的鬼去吧！杜斯克是专门抽短雪茄烟的。"一个反对党的代表说。

"他每天都是应别人的邀请用早餐的。这就一点也不花费公家的钱了。"

"啊哟，那是杜斯克时代的事情啰！不过，这种光景一去不复返了。亲爱的代表们，现在是托克蒂希时代哪！"

"托克蒂希？"一个激进派代表用讥讽的口吻追问说，"托克蒂希会成为纳税人吗?！不过，税收员向他要钱，恐怕比服毒还要困难就是了。"

"这就是你的行动纲领吗？"

"我正是在这个基础上当选的。"

在这一瞬间，财政部长不声不响地走了进来。整个餐厅立刻鸦雀无声，地毯也仿佛随着他的脚步声在喃喃自语：呵！财政部长大人来用早餐了。

苍蝇发现这儿有油水，马上恶作剧似地麇集在一起，像是互相传递讯息：我们快快飞去吧！去同财政部长共进早餐！

拥护政府的执政党代表们满脸堆笑，不满的神色顿时烟消云散。阳光照射在门窗上，也把光辉洒满餐厅。黄油快要融化了，油糕、巴淋卡发出醇美的香味。这儿的一切都显得那样肃穆、庄重，因为财政部长在用早餐呀！

严肃之中透着仁慈的部长先生坐了下来。椅子嘎吱嘎吱响，像是向他问候。侍候的堂倌给他端来腊肉片。这些腊肉薄片居然能使部长大人感到莫大的幸福，看来这是违反常规的。

财政部长吃得津津有味。他姿态优雅，动作规矩，刀和叉自然也是很庄重、很小心地在工作。

吃一片夹肉面包，随即喝一小口酒……再一片夹肉面包，再……一小口酒……部长先生的胃口真好！

就在这个时候，议会大厅里的议事程序正以飞快的速度在进行着。讲演者把讲稿大大缩短了。他们为什么要说呢?！不会有一丁点成效的。——如果他们说，纳税人过着贫困的生活，既不会引起别人的同情，也不会使任何人感到烦恼；因为财政部长不在那里，部长先生正在用早餐哪！

餐厅的大门敞开着，从外面可以窥见里面的一切；当然，从里面也可以观赏外面的一切。

外面，两位爱勒德伊地区的代表满面愁容，来回地漫步，谈论着塞格依地方的居民外流的情况。那是真正可怕的事情呀！……塞格依的穷苦人处在难以忍受的挨饿受冻的境地。

“嘘！切勿高声喧哗。里面，财政部长正在用早餐呀！”

巴拉顿湖畔

［捷克］哈谢克

这天中午，波耳·扬诺士正坐在他家屋前露台上，那露台是按照当地的风俗修建的，状如柱廊，与正屋紧紧相贴，形成了一个遮阴纳凉的处所。

周围的风景非常幽美。满布着葡萄园的山坡一片翠绿。在这一大片广无边际、一直斜伸下山谷的万绿丛中，杂缀着三三两两淡碧色的斑点：那是一些喷洒过升汞稀液，以防虫害的葡萄园。

草原背后，展卧着平镜似的巴拉顿湖，或者正如当地居民所骄傲地称呼的，“匈牙利海”。这“海”有着碧绿如玉、微波起伏的湖水，渺渺茫茫远连天际。在那蔚蓝色的天际不时冒起朵朵轻烟，表示有轮船正从离这儿125公里的维斯普里姆曳浪而过。啊，这儿正是“匈牙利海”之滨，正是拥有它那美酒、风暴、关于溺水女妖的奇异传说和关于河中女鬼的古老故事的海滨。相传那些溺水女妖一到晚上就将渔夫们诱往湖心深处；而那些河中女鬼则在夜间将小孩子们抓去杀死，然后将尸体扔还在各家门槛上。

这便是那个每当夜深人静，便听见水妖们的孩子的闹声、叫声和哭声的巴拉顿湖。这群住在深水里的水妖无疑是多得数不清的，因为在波达、梅捷斯、奥尔瓦什、奥尔莫和散布在湖岸上的许多其他村落中，经常会出现一些银须冉冉、白发苍苍的龙钟老者。他们大概全都好几百岁了，因为现今的居民祖祖辈辈都提到过他们呢。

然而波耳·扬诺士却毫无观赏美景的闲情逸致。他坐在椅子上，尽管天气十分炎热，身上却还裹着一件短皮袄。在他面前的一张小桌上放着时钟。他的气色很坏。

“这鬼病怎么半天还不发作呢，”他盯视着时钟的指针，喃喃抱怨，“平常一到5点就发疟疾，今天这鬼病却迟迟不来。6点钟区法官便驾到，到那时我才真是抖上加抖哩。”

忽然波耳·扬诺士的牙齿捉对儿厮打起来。一个长工闻声跑过来，问主人有何吩咐。

“你这头笨驴，”波耳气息奄奄地骂道，“快去拿个枕头来，再给我把腿包一包。”

两腿包好了。仍然发着疟疾的波耳仔细地四周张望着。

他只觉得脑子里嗡嗡直响，浑身奇冷，周围所有的景物：葡萄园、玉米地、看守人的小茅屋、草原、湖水、天际……都蒙上了一层黄蔫蔫的色彩。看样子病势正凶哩。

他正想告诉长工他很不好受，谁知却吐不出半个字来。然而转眼之间，黄蔫蔫的色彩竟逐渐褪去，一切景物都变成了青莲色。

这时波耳已经能够震颤着牙齿吐出“活见鬼”三个字了。

当他说出“谢天谢地，看样子就快好啦”的时候，一切景物又都在他眼前恢复了原有的色彩：蔚蓝的天穹、深绿淡碧的葡萄园、微微发黄的草原和绿玉般的湖水。

而当他吩咐长工“给我把枕头拿掉，把皮袄脱下，再把烟斗拿来”的时候，便感到日光有点热辣辣、额上有点汗涔涔了。病的发作已经过去。

“现在该轮到另一种‘疟疾’了，”他点燃了黑色的烟斗，突然说道，“区法官马上就要到啦。”

从蜿蜒在下边葡萄园的道路上驶来了一辆轻便马车，同时响起了法官的骂声。

“我的赶车大爷！等我一下车就灌你五杯黄汤！我几时教过你喝得这样烂醉的？”

“糟糕，他正在火头上呢，”波耳·扬诺士不禁倒抽了一口冷气，“他一定要严厉审问我啦。”

这时马车已在屋前停下，从车内慢条斯理地爬出了胁下夹着一束公文的区法官。他往露台走了过来。波耳衔着烟斗走过前去迎接。

寒暄既毕，法官便自我介绍了：

“鄙人是奥麦希·贝拉，来调查一件案子。”

他将公文放在桌上，坐下身来，两腿一跷，用指头敲了一敲桌子，说道：

“您的案子相当麻烦哩，老兄。”

波耳·扬诺士也坐了下来，耸了耸肩膀。

“唉，这真是一件不幸的事，”法官继续说，“老兄，您究竟是在什么时候枪杀了这个吉卜赛人布尔加的呢？”

“今天刚好满一星期，”波耳答道，“事情发生在当天下午5点钟。您来一根雪茄烟好吗？”他问道，一面从衣袋里掏出一只雪茄烟盒来，“这烟很好，是班纳特出产的烟叶。”

区法官挑了一支，将烟尾的四周压了压紧，漫不经心地问：

“您说这事发生在6月21日下午5点钟，对吗？”

“不错，”园主答道，“正是6月21日下午5点钟，到23日他已经被埋掉了。请允许我替您把烟点燃好吗？”于是他便和法官对了个火。

“谢谢，”奥麦希·贝拉道，“验尸时发现布尔加系背部中枪而死，对吗？”

“对，”波耳确认不讳道，“我用的是一支兰加斯德式11号枪。”

“这一切真是非常不幸。请问这烟叶是哪儿产的？”

"班纳特。请允许我叫下人拿点酒来好吗?"

"好,"区法官同意道,"咱们先来几盅,再办案子。"

转眼之间,桌上便摆出了好几大瓶酒。园主斟满了两只高脚玻璃酒杯。

"祝你健康!"

"谢谢……唉,这鬼差事!"

区法官举起杯来,很内行地将酒映着太阳仔细观看。

日光在玻璃杯中幻成了五颜六色。红而透明的酒将区法官的脸映得通红。开初他只是小口小口地呷,随后便索性一饮而尽,还不住地舔嘴咂唇。

"好酒!"他称赞道,满脸都是笑纹,"您怎么会想起打死这个吉卜赛人呢?"

波尔·扬诺士平静地吸了口烟。

"这是我西边坡上那片葡萄园所产的,存了两年的酒。"他解说道。

他们又干了一杯。

"我还有更好的,产在另外一片山坡上葡萄园里的,存了三年的酒呢。"

于是他又拿起一只大瓶,敲掉瓶颈,斟出酒来。

"这酒真香!"区法官赞不绝口,"您老兄也挺不错!"

"疟疾这个鬼病,"波耳抱怨道,"已经折磨了我四天啦,折磨得个没休没完。您爱喝这酒吗?"

"爱喝,爱喝!太爱喝啦!"区法官连声赞扬道。

"瞧,我还有更好的!"主人答道,一面从提篮里取出一大瓶酒来,"这是五年的陈酒。"

"您真是太好啦!"奥麦希·贝拉在喝下了第一杯五年陈酒之后说,"我生平还没有喝过这样好的酒呢,真不愧是色香味俱全!"

"我还有更好的哩!"当五年陈酒被喝得点滴不剩后,波耳·扬诺士又宣布道,"这酒您才真正没喝过呢……您瞧,"说时他便从一个窄瓶里斟出酒来,"这是二十年的陈酒。"

区法官大喜若狂。

"这酒准能赶上托卡依葡萄酒,准比托卡依葡萄酒还高出一头!"他高声地赞叹不已,一杯接一杯地喝,"您这人真是妙不可言,使鄙人非常敬佩。然而请问一声,您为什么要打死这个吉卜赛人呢?"

"因为这个坏蛋从我的酒窖里偷走了二十瓶这样的酒。"波耳·扬诺士义正词严地答道。

“如果我处在您的地位，”区法官兀自咂着嘴唇说道，“倒未必会采用这种手段……因为这酒……唉，咱们就这样往公文上写吧：‘吉卜赛人布尔加被枪误伤身死。’再给我来一盅呀，老兄……”

于是他俩便举杯对饮起巴拉顿湖畔山坡上所产的红酒来，酒色之红，正像吉卜赛人布尔加那个蟊贼的鲜血一样……

得　救

［捷克］哈谢克

为什么要绞死巴侠尔，这是无关故事的宗旨的。临刑的前夕，当看守长端着酒肉出现在他牢房的时候，尽管良心上压积着好些罪愆，他还是禁不住笑逐颜开了。

“这些都是给我的吗？”

“对，对。”看守长深表同情地说，“最后一顿了，您就吃个痛快吧。回头再给您把凉拌黄瓜端来，我一次端不了这么些。”

巴侠尔满意地听完了他的话，便舒舒坦坦地在桌旁坐下，咧嘴一笑，开始狼吞虎咽地嚼起牛肉来了。看来他是一条神清气爽的混世虫，要尽情地从生活中捞取一切，连这最后的片刻享受也不肯放过。

只有一个念头冲淡了他的食欲，那便是：今天早上通知他，说他的请赦书已被驳回，只准缓期执行 24 小时。这些巴不得所有囚犯都乖乖地引颈就刑的人们，就要来绞死他，看着他一命呜呼；他们自己呢，明天、后天、甚至好多年以后还是照常活下去，照常在每天晚上悠然地回家，而他巴侠尔却早已不在人世了。

他闷闷不乐地想着这些，嘴里满塞着炸牛肉。在旁人给他把凉菜和小面包端来的时候，他竟长叹一声，说想抽口好烟。

大家就给犯人买来上等烟叶。看守长还亲自给他递上火柴，并且趁便向他大谈其上帝的无限恩德，说纵然失掉了尘世上的一切，未始不能在天上……

犯人请求给他再来一份火腿和一公升烧酒。

“今天您要什么就有什么。”看守长说，“对于像您这种处境的人，我们是没有什么舍不得的。”

“那么就请再添两份肝制香肠吧。另外再来一公升黑啤酒我也领情。”

“决不会少您半点的，我马上就去吩咐。”看守长殷勤地说，“我们犯得着不讨您的欢心吗？人一辈子也活不了多久，还是多吃多喝点的好。”

当看守长将那些酒肴送来的时候，巴侠尔说已经够了。

然而并不如此。

“喂，”他扫光了碟子，又道，“我还要一份炸兔肉、一份意大利乾酪、一份油焖沙丁鱼和一些旁的好菜。”

“您爱吃什么就请点什么好啦。说实在的，看到您的胃口特别开，真叫人打心眼里高兴。您大概不会在天亮以前上吊吧？我看您还是相当正派的。再说，巴侠尔先生，在政府把您绞死以前去自寻短见，对您又有哪点好呢？我是实人说实话，这您也是办不到的，办不到的！完全甭朝这上面胡思乱想！您最好还是再来几口啤酒吧。依我看，咱们还处得顺顺溜溜。意大利乾酪下啤酒，真是奇妙无比！我再去给你拿两杯来。沙丁鱼和炸兔肉正好做您老兄的下酒菜咧。”

不一会，这些佳肴美酒的香味便充满了整个牢房。巴侠尔将桌上的杯盘摆弄齐整后，就又大嚼起乾酪沙丁鱼来，一面左右逢源地喝着啤酒和烧酒。

猛然间他记起了，在他还未入狱的时候，有一次，他也是这样酒足饭饱、心旷神怡地坐在郊外一家餐厅的凉台上进着晚餐。翠绿的树叶在皓月的清辉之下熠熠发光。在他的对面，就像眼前的看守长一样，坐着胖胖的餐厅老板。这一角天堂的主人喋喋不休地饶着舌，不住地向巴侠尔敬酒敬菜……

“讲个笑话给我听吧。”巴侠尔说。于是看守长便给他讲起一个，正如他自己也讳言的、下流的笑话来。

巴侠尔请求再来一点水果、一杯黑咖啡和几块饼干作为点心。

他的这个请求也如愿以偿了。在他用完点心之后，牢房里进来了一个狱中牧师，打算给囚犯一番最后的劝慰。

牧师是个神情愉快、和蔼可亲的汉子，正如同巴侠尔周围这群为他操心、判他死刑、明天就要绞死他的人一样。他们一个个满面春风，和他们打交道是很痛快的。

“上帝会使您受到安慰的。”狱中牧师拍着巴侠尔的肩膀说，“明天一早您便万事都了啦，不过也用不着垂头丧气。您还是忏悔忏悔，打起精神来瞻望一下天国吧。您要信赖上帝，因为他对每个悔罪的人都十分欢迎。谁要是不肯忏悔，谁就会在牢房里彷徨哭泣，一夜难安。但这对您又有什么好处呢，嗳？只是自讨苦吃罢了。谁忏悔，谁就能在这最后一夜里睡个好觉，做个好梦。我再重复一遍，老弟，要是您肯洗涤一下灵魂上的罪恶，便会觉得好过得多了。”

谁知巴侠尔陡地面如土色。他直想呕吐，五脏六腑都翻动了，却又吐不出来。一阵可怖的痉挛攫住了他的全身。他蜷曲着、痉挛着，额端冷汗淋漓。

这下可把牧师吓坏了。

看守们纷纷跑来，连忙把巴侠尔送进了狱中医院。狱医们一看都摇摇头。傍晚，病人发高烧了，子夜以后，医生们宣布他的病况非常险恶，并且一致断定是剧烈中毒。

重病的人照例不处死的，因此当天夜里并没有在庭心给巴侠尔搭设绞架。

相反的却是替他清洗肠胃。还把那些未被消化的食物残块进行了一番化验，结果发现肝制香肠已经腐烂，含有剧毒。

在那家出售香肠的商店里突然光临了一个调查团。调查的结果是那香肠商违反了卫生规定，香肠不是放在冷藏室，而是放在温暖的地方。调查团做完记录，案子就转到检察长手中去了。检察长便以食物保藏不合卫生的罪名，把那商人审讯了一通。

在那些治疗巴侠尔的狱医之中，有一位心地善良的年轻医生。他寸步不离地守着那张病床，想尽一切办法来使病人起死回生，因为这件案子实在太稀罕、太离奇、太有趣了。年轻的医生日夜不懈地护理着巴侠尔。两周以后，他便拍了拍犯人的背道：

“您得救啦！”

第二天巴侠尔就依法被绞死了，因为他已经有了足够上绞架的健康。

使巴侠尔苟延残喘两星期的香肠商被判处了三星期的徒刑，而救了巴侠尔一命的医生却得到了上司的赞扬。

女仆安娜的纪念日

［捷克］哈谢克

用人劳保协会主席、参赞夫人克拉乌索娃正在为明天的会准备一篇祝辞。

女仆安娜在协会书记、参赞夫人吉荷娃的家里已经工作了五十年，整整侍候了两代主人。明天就是她忠心服务的五十周年纪念，将要庆祝一番。安娜已经七十五岁了。她深知自己身份的卑微，素来循规蹈矩。

协会将于明天奖给她一个小小的金十字架、一枚十克朗的金币、一盅巧克力糖和两块甜酥点心。不但如此，她还要恭听参赞夫人克拉乌索娃的祝辞，还能得到一件主人的礼品：一本崭新的祈祷书。

参赞夫人懊丧之至，悔不该自讨麻烦，为区区一个用人来大伤自己的尊脑！已经涂坏了好大一叠纸啦，但祝辞还是没有影儿。

她在室内一面狂踱，一面琢磨，究竟应当讲些什么才好呢？难道要她去讲，如今所有女仆都已立足于社会，并且争取到了例假和晚上可以稍事休息的权利不成？哼，真是人心不古，世风日下，你简直可以被这些女仆气得死去活来！早先是谁都可以随便打女仆两个嘴巴子，把她撵出去的，如今她却恐怕要为这事扭伤去打官司了。一想到这里，参赞夫人便在写字桌前坐下，用一支铅笔往鬓角直顶，使发疼的脑袋稍微好受一点。

就说她的女仆吧。这个蠢货居然也有一个送书给她看的情人。不知羞耻的东西，她竟敢自学起来了！

这些事情使参赞夫人越想越气，只得又向那支止头疼的铅笔求救，她已经无心去琢磨她的祝辞，只是在干着急。唉，她已经在用人劳保协会里演说过多少次了啊！……这回她本想破格奋发，翻些新花样来讲，不过看样子势必仍然得从上帝讲起，上帝，正是女仆们所最需要的。

祷告吧！劳动吧！嘿，要是她能用拉丁文把这两句话讲来，那该有多棒！等会丈夫一回来就去请教他……当然，她的祝辞也得这样开始啦："祷告吧！劳动吧！"

于是文思泉涌的克拉乌索娃夫人又坐到桌前。顿时她的笔尖便在纸上飞跑起来了。

祷告吧！劳动吧！这真是句金玉良言！谁若不祷告，谁的工作就不会顺利，心地也绝不会纯善。看吧，大家给她举行纪念日的这个女仆正是这项真理的化身。她五十年如一日，热诚地劳动着，祷告着，终于感动了上苍，使她度过了重重魔障、走向至善之境，因此今天才有她的五十周年纪念日——纪念一种乐此不疲的劳动。天上地下都有奖品（天上有天堂一座，地下有小小的金十字架一个、十克朗的金币一枚、巧克力糖一盅和甜酥点心两块）在等着她哩！

祷告吧！劳动吧！

这个纪念日的女主人公干了五十年的活，如今终于得到了勤劳的报酬（一枚十克朗的金币合五百克列次尔，因此每年忘我的劳动计得十克拉列次尔）。

五十年来，她热诚地祷告上苍，从不跳舞，从不看戏，从不读一本邪书。她只读她的祈祷书，它教导她尊敬和爱戴自己的主人，逆来顺受地听话。总之，那本祈祷书成了她整整五十年来的处世金箴。

祷告吧！劳动吧！安娜替主人省下了每个铜子儿。她从不把半匙汤倒进厕所，从不作任何非分之想。她从不和旁的女仆厮混，不说一句不合分寸的话，更不在主人背后说长道短，祷告又使她摒绝了偷嘴的念头。

善心的太太小姐们呀，请你们瞅一瞅这位老太吧！她对听话的好处深信不疑，她抑制着诸种邪念，真是一个又虔诚、又文静、又温顺的人啊！想必她还随时扪心自问，看自己还有哪些缺点，一有空闲就想到归天，想到天国审判和来世的报应。睡前她总要诚心祷告，求上帝指引她皈依正途。

她在商务参赞吉荷夫的显赫的家中足足侍候了两代主人。一向温和恭顺、心地纯洁的她，对每一块从善心的主人手里得来的面包都感激涕零。她每次都要吻一下老爷或太太那只恩惠的手，以表达她深深的感谢。整整五十年来她就是这样，她一辈子也不曾偷过一星半点，对交给她的保管的东西总是严加爱惜。

她就是这样地干着活，月薪五枚金币。她还戒绝了晚饭，好省下一笔钱去朝拜圣山。每年她都能得到主人的恩准，到那边去一趟，并且还能给她的主人捎几件礼物回来，以表忠诚。

她还亲口说过，只要她能够永远祷赞我们在天上的父，哪怕不吃不喝也是幸福的！

参赞夫人停下笔来，逐渐想入非非。明天这篇祝辞将会何等地一鸣惊人呀！毫无疑问，那家天主教报纸一定会对她的发言有所颂扬。日后她还可以把这篇祝辞印成专册，名字就叫《告女仆书》。

也许从此以后，她的女仆便再也不会把汤顺手往厕所一倒了吧——只要叫她学学安娜的品行就得了。

她还没有想停当，就见她的女仆走了进来。

“参赞夫人吉荷娃来啦。”她禀报道，“要不要接见？”说时迟，那时快，女仆还来不及听到吩咐，粉香扑鼻的参赞夫人吉荷娃便已经闯进室内，泪汪汪地扑进主席的怀里了。

“您看有多丧气。”吉荷娃呜咽着说，“纪念日的女主人公刚才竟死去了。”

接着她略微定了定神，抹干眼泪，愤形于色地继续说道：

“昨天晚上，我叫她到地下室去取煤。想必您也清楚，七十五岁的老婆子是不好撵出去的。不过她既然吃我的饭，就得给我干活。哪晓得她这个该死的竟和一大袋煤一块从很高的楼梯上摔到地下室去了，摔得浑身都是伤，天还没亮就断了气。真是早不摔，迟不摔，偏偏要在这个纪念日的前夕摔！您想，咱们该多丢脸……一下子就平白无故地把咱们的晚会弄吹啦。再说，正是为了这个该死的纪念日，我还特意定做了一身相当漂亮的衣裳……另外，咱们至少得付三十枚金币的丧葬费，而在死婆子的存折里却只有二十五枚金币。”

参赞夫人克拉乌索娃不禁又用那支止头疼的铅笔去顶鬓角了。她怅望了一眼那堆满涂着祝辞的稿纸，叹道：

“唉，我看这是她存心给咱们来的一手咧。”

拥有百科全书的人

［瑞士］瓦·考尔

这个村子远离通衢大道，这里连一家像样点儿的可供稍有身份的旅客投宿的旅店也没有。村里有个小火车站，不过也小得可怜，那些一向认为自己的情况要好得多的邻村的村民断言：它大概是在一夜之间建造起来的。

村里房屋干净整洁，外表被太阳晒得黑糊糊的，院子里和窗台上盛开着五彩缤纷的鲜花：每一个真正的村庄理所当然就该这样。房屋的四周围着一圈高高的栅栏，院子的小门上挂着许多牌子，上面写着警告来人提防猛犬或者“严禁乞讨和挨户兜售”的文字。

村子里住着一位先生和他的一家。有一天，风和日丽，这位先生干了一件闻所未闻的事。那些爱搬弄是非的女人聚在一起议论纷纷。许多无事可做整天在街上闲逛的小青年尾随着他，一直跟到小火车站。原来，这位先生买了一张火车票。火车站站长在牌桌上顺便说了这件事。他每天总要和村公所文书、烟囱师傅、村公所公务员一起玩玩雅斯牌。

村里缺少一位教师，否则，村公所公务员大概也不会有此殊荣，能与村里的这几位绅士坐在一起玩牌。邻村倒有一所学校，但是，到了冬天，一旦道路被积雪覆盖，孩子们同样没法去上学。

站长在牌桌上顺便提起了这件闻所未闻的新鲜事儿：我们的这位先生买的可不是一张到邻村的车票，也不是一张去县城的车票啊！不是这么回事。这位先生想冒次风险，去京城闯一闯。

几位绅士听后连连摇头，表示很不赞同。他们试图说服这位先生，让他明白自己要做的事完全没有必要，况且还引起了大家的疑心。直到现在，村里还没有谁认为非要去这么远的地方不可。自父亲那一辈、甚至祖父那一辈起，村里的人不都是这么生活、这么长大的吗？

这位先生不想改变自己的决定，况且车票都已经买好了，明天一早就准备动身。村里的绅士们不无感叹地说：是啊，是啊，凡是下定决心要闯入不幸的人，别人无论如何也是拦不住的。我们肯定会在县报上看到，在那个大都市潜伏着什么样的灾难。

他究竟想去那座城市寻找什么呢？

这位先生什么也没有说。妇女们洗衣服时议论得更多了。

第二天一大早，这位先生出了家门。街上许多小青年前呼后拥，吵吵嚷嚷，一直把他送到火车站。

这位先生登上窄轨火车，到了县城又换乘直达快车，顺利地来到了大都市。

他到底想要寻找什么呢？这连他自己也说不清楚，当然也就没法回答那些牌迷了。他心里有一种感觉，可是却无法用语言表达出来。

他穿街走巷，眼睛时而瞧着这家商店，时而盯着那爿橱窗。心里的那种感觉，那种不可言状的感觉告诉他：再等一会儿，这还不是你想要的东西！

这位乡下来的先生不知不觉来到一家书店的门前。玻璃橱窗里陈列着各种图书，有厚，有薄，有烫金的，也有不烫金的，还有彩色封面的。他突然之间意识到：这就是我在寻找的东西啊！我正是为此才到京城来的。玻璃橱窗里平摊着一本厚厚的书。这本书很厚，价钱自然很贵。书的旁边放着一个很大的硬纸牌，上面的文字告诉他，如果买下这本价格昂贵的百科全书，所有的疑问都可以得到解答。

这位先生走进书店。他觉得，知道一切事情，回答所有问题，恰恰就是他要寻找的。这时，他想到村子里的那些牌迷，想到烟囱师傅，这个人经常从邻村的同行那里借阅县报，所以在牌桌上总是装腔作势，自以为了不起。他还想到火车站站长，他每次从肉铺老板那里买一截儿粗短香肠当早餐时，总是纯属偶然地得到小半张县报。

书店的伙计非常和气地接待这位先生，毕竟是一本价格昂贵的书嘛。伙计肯定地说，当然可以通晓万事，然后又问，他想要皮封面的，还是亚麻布封面的。这位先生不知道应该如何回答。这对伙计来说再好也没有了。他为这位先生包了一本皮封面的。

在回家的火车上，这位先生就已经按捺不住自己的好奇心了。他偷偷摸摸地取出那本书，躲躲闪闪地翻开，就好像在翻一本低级下流的小册子

（村公所公务员就有这样一本小册子，里面尽是些裸体女人。他经常在午夜时分，救火演习之后，让大家传看。小册子早已翻得破旧不堪）。跃入眼帘的第一个词条是“吼猴属”，他读了读关于吼猴属的解释。紧接着吼猴属的下面提到了一位将军，名字叫“布吕尔曼”。他觉得书里写得很清楚，自己完全看懂了。

在换乘窄轨火车之前，他把书重新包好，然后端坐在那里，满脸通红。一想到可以在牌桌上炫耀一番，他心里乐滋滋的。他已经想象到烟囱师傅的小胡子在颤抖。平时，只有当烟囱师傅手上握有两张爱斯并向对手暴露了自己的牌力时，他的小胡子才会这样颤抖。

果然，一切都如同这位先生想象的那样。他渊博的知识和人们对他的知识的了解，就像瘟疫一样在村子里迅速传开。烟囱师傅想方设法企图维持自己的权威地位，他蹙着眉头，露出一副充满疑虑的神情，大谈巫术和幻象。

然而，有天夜里，当村里几乎所有灯火都熄灭之后，烟囱师傅拐弯抹角，偷偷摸摸地溜进了这位先生的家。他终于登门求教了。

至此，这位先生总算如愿以偿了。他的名声愈来愈大。邻村的人听说此事都伸出食指敲着自己的额头哈哈大笑。但是，这也丝毫无损这位先生的名望。村里的人认为，虽说村里只有这么一位无所不知的聪明人，可是，不久的将来，总会有一天，他们也都会像他一样的聪明的，情况就是这样的嘛。

周围所有的村庄都在笑话这个村子的人，把他们看成是十足的白痴和傻瓜。

这样过去了许多年。那位聪明的先生已经老态龙钟了，百科全书当然也像他一样日久年深。由于使用的次数很多，这本书渐渐变得残缺不全。当老人把百科全书传给他的儿子时，就已经缺了好几页，这都是被那些来向他讨教的人偷偷撕走的。他的儿子对缺的那些页并不关心。他总是习惯说：书里没有的，世上也没有。我父亲去世前曾经对我说过，世上的一切，这本书里都有。

当儿子把书又传给他的儿子时，百科全书就只剩下封面和半张纸了。尽管如此，村里的人还总是登门求教，打听什么是“直布罗陀”，什么是“民主”，等等。这时，孙子就捧起只剩下皮封面和半张纸的百科全书，摆出一副很有学问的样子，对提问者说：喏，你自己也看见了吧，没有直布罗陀，也没有民主。你看，这儿只有一个字：排外。

照相机皮套

［保加利亚］登·伏拉迪米罗米

我的照相机皮套坏了，我决定去配个新的。我走进了一家店铺，它的招牌上写着：便民服务联合公司——皮革制作修理店。

“我能在您这儿定做一个相机皮套吗？”我问一位师傅，脸上尽可能地保持着谦和的微笑。

“不行。”那位师傅说，“制作相机皮套的全年任务我们已经完成了。但是其他种类的皮件任务，我们到现在还差一些。如果您同意的话，我们为您定做一个狗项圈怎么样？”

“为什么要定做狗项圈呢？”

“因为制作项圈的定额我们还差得很多。我们可以为您制作一个优质的皮项圈。”

“可是我没有狗啊，要皮项圈干什么？我只有一架照相机。”

“您真是死不开窍！”那位师傅有些着急了，“我们是给您做相机皮套，但在订单上要写上皮项圈。”

我同意了，填写了订单。

第二天，忽然有人按我的门铃。

“我是本区家狗防疫检查员。”一个头戴大壳帽、身穿制服的人站在我面前，“您的狗在哪儿？”

“我没有狗啊。”

“昨天，您在便民服务联合公司定做了一个狗项圈。”检查员很明确地说出了上面的话。他眼皮不眨地盯着我，刺人的目光似乎洞察到我的内心活动，用这种方法，他可以获得所需要的一切情况，“只有这样办，我们检查站才能准确无误地查出没有登过记的狗。您给什么狗定做的皮项圈?"

"相机。"我老实地承认。

"'相机'?我还从来没有碰到过叫这种名字的狗。不过,每一个主人都有权根据自己的愿望给狗取名。您的'相机'是什么品种的?"

"雷依卡。"

"您可能是说拉依卡吧?"

"不,不是!是雷依卡。我已经对您说过,我并没有狗,只有一架相机。"

家狗防疫检查员做了个带有讽刺意味的鬼脸。

"您没有狗?这倒有趣了……那么您家里的哪一位需要皮项圈皮?您,您的妻子,或许是您的丈母娘?"

"我对您说了,只是相机需要。"

"相机戴狗项圈!"检查员恼怒地皱了皱眉头,"这像话吗?不要再胡搅蛮缠了!请您还是把狗找来,把罚款付了吧。因为您没有按时登记。"

我把照相机放在了桌子上。

"您还是这么固执!"检查员高声说,"这样的话,有您好受的!"

他怒气冲冲地走了。我随后也马上跑到了订货的店铺。

"请您把我的订单撤掉吧。"我向那位师傅请求道,"我也不要您退钱了,但请您通知本区家狗防疫站我没有狗。"

"行。"师傅说,"这样吧,我们给您修改一下订单,把狗项圈改成马嘴兜。在这方面我们的计划也完成得不大好。"

第二天,在我的门前又出现了另外一个戴相同式样的大壳帽的人。

"我是本区骡马防疫检查员。"他自我介绍说,"昨天,您定做了一副马嘴兜,但关于您养的马的情况我们还不太清楚。"

"我根本就没有马。"我无可奈何地摇着头。

检查员的目光在房间里环顾了一遍。

"问题很清楚,"他不慌不忙地说,"谁也不会在卧室里养马。我想知道马厩在哪儿。"

"我没有马厩。"

"那就是说您在大街上养马,这是违章的。"

"我对您说过了,我没有马。"

"马死了?"检查员平静地说,"您为什么不通知我们?死因是什么?马鼻疽，鼠疫，流感？或者是您把它杀死了，还是把病马赶到街上去了？不论是出于什么原因，您知道这是违法的。您想象不出等待您的将是什么后果……”

就在那一刻，一种潜意识在我的身上发生了作用。就像有人把我身后拉的车卸了下来，把网住我嘴的兜拿掉了。我靠近检查员，我不能在他管理的范围内被诬陷，受到无辜的指责，我斩钉截铁地回答道：

“尊敬的先生，我已经回答几遍了，我根本就没有马，没有狗，也没有任何一只没登记过的动物。马嘴兜和狗项圈是我出于人道主义的考虑才定做的。那个店在这两种产品上没有完成任务，我出于好心，决定帮助这些同志们。你们为什么要对我罚款呢？就因为我有这种助人为乐的精神吗？”

“这太荒唐了！”骡马防疫检查员高声说。然后，他悄悄溜出了房门。

几天以后，我接到了皮革制作修理店让我去取货的通知单。他们递给我一个崭新的照相机皮套。

“请您签字。”那位师傅把收据放在我面前。

我签了字。确认收到了一个狗项圈和一副马嘴兜……

反对星期二的斗争

［保加利亚］季·瓦西列夫

领退休金的马诺尔·啥吉克拉西米罗夫受到了一生中最大的精神创伤。那是在他收到五封回信，被正式通知“已考虑到社会舆论”云云，从而取得了“反对星期二”斗争的胜利，并为之额手称庆之后……

我们还是从头说起吧。事情起源于一个令马诺尔为之大伤脑筋的发现：他家附近地区的四家牛奶商店，星期二全都关门休息！他，一个劳苦功高的退休者，为了半磅牛奶，不得不早起，在人满为患的电车上挤来挤去。一身老骨头挤裂了不说，七个月的小孙子的早餐，将要被耽误一个小时！

马诺尔·哈吉克拉西米罗夫不得不拿起笔，写信告状。信寄到所有有关部门，寄到各报编辑部，甚至寄到了“计划生育委员会”。

马诺尔展开了一场“反对星期二”的坚决斗争。

马诺尔终于收到了五封带有编号和盖着公章的复函。函中告知，马诺尔所在地区牛奶商店的休息日将作变更。

马诺尔欣喜若狂。收信后头一个星期二，他特地到几家牛奶商店周游了一遭，看到他们都在营业，简直得意极啦！

马诺尔邀请亲友，庆祝这一“辉煌”的胜利。他高兴得连连搓手，不由得哼起了为年轻一代所鲜知的《“马热斯蒂克”轮船歌》。

入夜，他兴奋得在床上辗转反侧，久久不能成眠，心灵为快乐所陶醉。

第二天……万没料到，第二天他转遍了四家牛奶商店，看见家家都是铁将军把门，门上清一色地挂着漂漂亮亮的新牌子，上面写着“休息日——星期三”。

皇帝的新装

［丹麦］安徒生

许多年以前，有一位皇帝，他非常喜欢好看的新衣服。为了要穿得漂亮，他不惜把他所有的钱都花掉。他既不关心他的军队，也不喜欢去看戏，也不喜欢乘着马车去游公园——除非是为了去炫耀一下他的新衣服。他每一天每一点钟都要换一套衣服。正如人们一提到皇帝时不免要说“他在会议室里”一样，人们提到他的时候总是说：“皇上在更衣室里。”

他居住的那个大城市里，生活是轻松愉快的。每天都有许多外国人到来。有一天来了两个骗子。他们自称是织工，说他们能够织出人类所能想象到的最美丽的布。这种布不仅色彩和图案都分外地美观，而且缝出来的衣服还有一种奇怪的特性：任何不称职的或者愚蠢不可救药的人，都看不见这衣服。

“那真是理想的衣服！”皇帝心里想，“我穿了这样的衣服，就可以看出在我的王国里哪些人与自己的职位不相称；我就可以辨别出哪些人是聪明人，哪些人是傻子。是的，我要叫他们马上为我织出这样的布来!”于是他付出许多现款给这两个骗子，好使他们马上开始工作。

他们摆出两架织布机，装作是在做工的样子，可是他们的织布机上连一点东西的影子也没有。他们急迫地请求发给他们一些最细的生丝和最好的金子。他们把这些东西都装进自己的腰包，只在那两架空织布机上忙忙碌碌，一直搞到深夜。

“我倒很想知道，他们的衣料究竟织得怎样了。”皇帝想。不过，当他想起凡是愚蠢或不称职的人就看不见这布的时候，他心里的确感到有些不大自然。他相信他自己是无须害怕的。虽然如此，他仍觉得，先派一个别的人去看看进展情形比较妥当。全城的人都听说这织品有一种多么神奇的力量，所以大家也都渴望利用这个机会来测验一下：他们的邻人究竟有多么笨，或者有多么傻。

“我要派我诚实的老部长到织工那儿去，”皇帝想，“他最能看出这布料是什么样子，因为他这个人很有理智，同时就称职这点说来，谁也及不上他。”

这位善良的老部长因此就到那两个骗子所在的屋子里去了。他们正在空织布机上忙碌地工作。

“愿上帝可怜我吧!”老部长想，把眼睛睁得特别大。“我什么东西也没有看见!”但是他没有敢把这句话说出口来。

那两个骗子请他走近一点，同时问花纹是不是很美丽，色彩是不是很漂亮。他们指着那两架空织布机。可怜的老大臣的眼睛越睁越大，可是他仍然看不见什么东西，因为的确没有什么东西可看。

“我的老天爷!”他想，“难道我是愚蠢的吗？我从来没有怀疑过这一点。这一点决不能让任何人知道。难道我不是称职的吗？不成，我决不能让人知道我看不见布料。”

“哎，您一点意见也没有吗？”一个正在织布的织工说。

“哎呀，美极了！真是美极了!”老大臣一边说，一边从他的眼镜里仔细地看，“多么美的花纹！多么美的色彩！是的，我将要呈报皇上，我对于这布料非常满意。”

“嗯，我们听了非常高兴。”两个织工齐声说。于是他们就把这些色彩和稀有的花纹描述了一番，还加上一些名词。老大臣注意地听着，以便回到皇帝那儿去的时候，可以照样背出来。事实上他也就这样做了。

这两个骗子又要了更多的钱、更多的丝和金子。他们说这是为了织布的需要。他们把这些东西全装进了腰包，连一根线也没有放到织布机上去。不过他们还是照常继续在空机架上工作。

过了不久，皇帝又派了另外一位诚实的官员去看工作进行的情况，要多久布才可以织好。他的运气并不比头一位钦差大臣好：他看了又看，但是那两架空织机上什么也没有，他什么东西也看不出来。

“你看这段布美不美？”两个骗子问。他们指着、解释着一些美丽的花纹——事实上它们并不存在。

“我并不愚蠢呀！”这位官员想，“这大概是因为我不配有现在这样的官职吧？这也真够滑稽，但是我决不能让人看出来！”因此他就把他完全没有看见的布称赞了一番，同时对他们保证说，他对这些美丽的色彩和巧妙的花纹感到很满意。“是的，那真是太美了！”他对皇帝说。

城里所有的人都在谈论着这美丽的布料。

当布料还在织布机上的时候，皇帝就很想亲自去看它一次。他选了一群特别圈定的随员——其中包括已经去看过的那两位诚实的大臣。然后他就到那两个狡猾的骗子所在的地方去。这两个家伙正在以全副精神织布，但是一根线的影子也看不见。

“您看这布华丽不华丽？”那两位诚实的官员说，“陛下请看：多么美的花纹！多么美的色彩！”他们指着那架空织布机，因为他们相信别人一定可以看得见布料。

“这是怎么一回事呢？”皇帝心里想，“我什么也没有看见！这可骇人听闻了。难道我是一个愚蠢的人吗？难道我不够资格当一个皇帝吗？这可是我所遇见的一件最可怕的事情。”“哎呀，真是美极了！”皇帝说，“我十二分地满意！”

于是他就点头表示出他的满意。他仔细地看着织布机，因为他不愿意说出他什么也没有看见。跟着他来的全体随员也仔细地看了又看，可是他们也没有比别人看到更多的东西。不过，像皇帝一样，他们也说：“哎呀，真是美极了！”他们向皇帝建议，用这新的、美丽的布料做成衣服，穿着这衣服去参加快要举行的游行大典。“这布是华丽的！精致的！无双的！”每人都先后随声附和着。每个人都有说不出的快乐。皇帝赐给骗子每人一个爵士的头衔和一枚可以挂在扣眼上的勋章，同时还封他们为“御聘织师”。

第二天早上，游行大典就要举行了。在头一个晚上，两个骗子整夜都没有睡，点起十六支以上的蜡烛。人们可以看到他们是在赶夜工，要把皇帝的新衣完成。他们装作是在把布料从织布机上取下来。他们用两把大剪刀在空中裁了一阵了，同时用没有穿线的针缝了一通。最后，他们齐声说：“请看！新衣服缝好了！”

皇帝带着他的一群最高贵的骑士们亲自来了。两个骗子每人举起一只手，好像拿着一件什么东西似的。他们说：“请看吧，这是裤子！这是袍子！这是外衣！”等等。“这衣服轻柔得像蜘蛛网一样，穿的人会觉得好像身上没有什么东西似的——这也正是这些衣服的优点。”

“一点也不错。”所有的骑士们都说。可是他们什么也看不见，因为什么东西也没有。

“现在请皇上脱下衣服，”两个骗子说，“好叫我们在这个大镜子面前为您换上新衣。”

皇帝把他所有的衣服都脱下来了。两个骗子装作一件一件地把他们刚才缝好的新衣服交给他。他们在他的腰周围弄了一阵子，好像是为他系上一件什么东西似的：这就是后裙。皇上在镜子面前转了转身子，扭了扭腰肢。

“上帝，这衣服多么合身啊！裁得多么好看啊！”大家都说，“多么美的花纹！多么美的色彩！这真是一套贵重的衣服！”

“大家都在外面等待，准备好了华盖，以便举在陛下头上去参加游行大典！”典礼官说。

“对！我已经穿好了。”皇帝说，“这衣服合我的身么？”于是他又在镜子面前把身子转动了一下，因为他要使大家觉得他在认真地观看他的美丽的新装。

那些托后裙的内臣都把手在地上东摸西摸，好像他们正在拾取衣裙似的。他们开步走，手中托着空气——他们不敢让人瞧出他们实在什么东西也没有看见。

这样，皇帝就在那个富丽的华盖下游行起来了。站在街上和窗子里的人都说：“乖乖！皇上的新装真是漂亮！他上衣下面的后裙是多么美丽！这件衣服真合他的身材！”谁也不愿意让人知道自己什么也看不见，因为这样就会显出自己不称职位，或是太愚蠢。皇帝所有的衣服从来没有获得过这样的称赞。

“可是他什么衣服也没有穿呀!”一个小孩子最后叫了出来。

“上帝哟，你听这个天真的声音!”爸爸说。于是大家把这孩子讲的话私自低声地传播开来。

“他并没有穿什么衣服！有一个小孩子说他并没有穿什么衣服呀!”

“他实在没有穿什么衣服呀!”最后所有的老百姓都说。皇帝有点儿发抖，因为他似乎觉得老百姓们所讲的话是真的。不过他自己心里却这样想：“我必须把这游行大典举行完毕。”因此他摆出一副更骄傲的神气。他的内臣们跟在他后面走，手中托着一条并不存在的后裙。

阿庆基

［芬兰］韩培

一条板凳安放在路旁，只要行人累了，就可坐下来休息。累了？是的，难道这还有什么奇怪的吗？一个人在七十个岁月里要跨出多少步子啊——短的、长的、急的、慢的。板凳被发明并制造出来正是为了人们能够坐它。或许这条板凳还有别的目的，因为冷饮亭就在它的旁边……

托比亚斯·阿庆基多次感到奇怪，这条板凳看来完全是普普通通的板凳，仅仅是在散步途中想让腿脚歇上一歇时，才意识到了它的存在。

托比亚斯·阿庆基坐在板凳上，他的头发斑白，但精神却很矍铄，他用大拇指托着烟斗，完全沉浸在往事的回忆之中。没过多久，越来越近的歌声唤醒了他，立刻使他想起，现在是生活在动乱时期。罢工、骚乱……打吧！吵吧！有的是理由……可是这么干难道有助于问题的解决吗？如果像被拴着鼻子的小牛犊那样发疯似的挣扎，能行吗？托比亚斯·阿庆基已经七十岁了，现在世道是不是变了？也许是吧，也许人们的眼界有所不同。可是生活是不是好过些了？嗯，他们应当尽可能过得更好些。这就有足够理由去进行斗争……

他听见一个过路人说，罢工工人在游行示威。

游行示威吧！他，托比亚斯·阿庆基，已上了年纪，只能坐在板凳上观望。在这种时期，作为一个旁观者也实在有趣得很哪！

游行队伍过来了，人不少，除了两旁公路，整个街道都挤满了人。

他们唱的歌中有激烈的词句：

“法律骗人，政府压人。”

“到了明天，普天之下皆兄弟……”

游行队伍走过去了，托比亚斯·阿庆基朦胧地感觉到，他们在按照自己的愿望，向着遥远的未来走去……他们在前进，先头部队消失在转弯处的建筑物后面。后来那里发生了阻塞，尽管后面的队伍还在前进。突然“砰”的一声枪响，划破了夏末晴朗的天空。托比亚斯·阿庆基被子弹的呼啸声惊呆了。这似乎是不应该的……然而后来他还是平静了下来，觉得自己反正是坐在板凳上的旁观者。

游行队伍一下散开了，犹如受到旋风袭击似的扬起了满天尘土，人们掉转头纷纷跑了。托比亚斯·阿庆基看到警察握着步枪和皮鞭在紧紧追赶着人群。刺耳的枪声继续在响着，皮鞭抽在跑得慢的和摔倒了的人身上……

接着，托比亚斯·阿庆基看见一个跑近的警察扬着鞭，正在寻找示威的人，可是游行示威者都跑散了。这时，警察突然发现坐在板凳上发呆的托比亚斯·阿庆基。

“你放什么哨?”警察大喝一声。

托比亚斯·阿庆基只张了张嘴，还没来得及解释自己仅仅是坐在板凳上休息的旁观者，皮鞭已抽到了他的身上。他发现自己已陷入了不可解脱的困境，不禁顿时火冒三丈。这怎么可能呢！要知道他只不过坐在板凳上……可是愤怒只是再次招致皮鞭的抽打，托比亚斯·阿庆基只得拔起僵硬的大腿一逃了之。

但事情并没有完结，他确实陷入了解脱不了的困境。不久，他被捕了。受讯、受审，最后被带到被告席上受到了“参与造反罪”的控告。

托比亚斯·阿庆基怎么也不能理解，他仅仅是在板凳上坐了一会儿而已。而这条板凳看来完全是条普普通通的板凳……他对警察咆哮起来，他怎么也难以接受警察的指控，他难道会热昏了头脑干下这等事？可怜虫……怎么会想得出来：他是狡猾地假装在板凳上，企图逃过劫难，实际上是个瞭望放哨的人，或者是工运首脑……

警察就是认定他有罪，一口咬定：你身上有紫血块，你挨了打，你就是参与了造反……

托比亚斯·阿庆基搔了搔头皮，觉悟过来：也许世界上从来就没有为旁观者准备的板凳！

走　运

［波兰］雅·奥卡

我碰见了处长，他从树林出来，老远就对我喊："你看我手里是什么？这蘑菇太漂亮了！"

"真漂亮。"我随声附和。

"你看这斑点多好看！"

"是好看。"我同意。

"你还不向我祝贺？"

"衷心祝贺您，处长同志！"我说。

其实，这是毒蝇菌，毒大得很，可是不能讲，讲了他该多么难堪！而且会影响我今后的提升，所以我恨不得马上溜之大吉，没想到他偏偏缠住我："你还没去过我家吧？今天我请你吃煎蘑菇。"

"我生来不吃蘑菇！"我大吃一惊，马上撒谎说，"我这些天又闹肚子！"

"好蘑菇可是良药呀。"处长说服我，"连病人都可以放心大胆吃，你就跟我走吧！"

"不行，处长同志。"我都要哭了，"我有个要紧的约会……"

"你这是不愿去我家？"处长皱起眉头问，"那我可要生你的气了！你瞧着办吧……"

我只好跟他去，我真后悔，没有一见面就告诉他这是毒菌。现在无论如何不能再说，一说，好像我有心害死他似的。

……酸奶油煎蘑菇端上了桌，处长兴高采烈，就像三岁的孩子。我虽然强作苦笑，心里却在默默与亲人告别了。

“这么漂亮的东西，都不忍心往嘴里放！”处长一边说一边把碟子往我跟前推。

“吃了真可惜，咱还是不吃为好！”我说。

“你是怎么回事，连句笑话都听不懂，快吃吧！”处长用命令的语调说，“对，我得查查这蘑菇叫什么名儿……”

他走后马上赶回来，脸都白了，对我说：“朋友，我错了，这是毒蝇菌！毒大得很！”

“可是我已经吃了好几口。”我又撒谎。

“我害了你，”处长吓坏了，“真荒唐，正好还赶上要提升的关口！”

救护车来了，我被送到医院去洗胃……

……处长提升了，我也沾了光。现在，有时我装装头晕……我还得了一笔奖金呢，这是该我走运。

祖父是怎样发财的

［荷兰］扎恩特奈夫

我祖父是个很慈善的人，不过他好像脑子里缺根弦似的，总是半呆不傻的，我真不明白祖母是怎么带孩子跟他过一辈子的。

我们一大家人挤在一座又小又简陋的房子里，我们个个都骨瘦如柴。孩子们吃饭，从来不用人召唤。我是母亲屋里吃一顿，祖母屋里吃一顿的，有时还到附近贝莎姑姑家去吃饭。

在我十五岁到城里当鞋店的学徒之前，我从来没有尝过熟苹果的滋味。因为在我们村里是见不到熟苹果的，换句话说，是它们从来得不到成熟的机会，也就是还没等它们成熟就已经进了孩子们的肚子里了，即使是青苹果，我们吃着也觉得非常香。

在我很小的时候，有一次，我算是解了大馋。贝莎姑姑把食品橱的门忘锁了，我偷偷打开门，一口气吃了二十二个小油饼。家里人对这件事从来没有忘记，也从来没有原谅我，直到我成年以后，只要大家有机会凑到一起时，还总有人开玩笑地说："小心点油饼啊！"

你们不难想象：这家人在祖父发了财时的喜悦心情。他是在一次火车失事中走了鸿运的。

要是你也遇到了这类事情（而且没有丧生）的话，你也会感到划得来的。因为铁路要赔款的！所有幸存的旅客都清楚地知道怎么做：他们会躺在那里痛苦地呻吟或在地上打滚号叫，等待医生和担架到来。

可唯有我的祖父没有这样做！

他的胃口特别好，甚至比我们全国其他人加在一起还好。他一生中从来没少吃过一顿饭，现在也不想少吃，这样小小的一次车祸当然不能耽误他吃饭了。他给自己砍了一根粗壮的拐杖，开始步行回家，走了三个多小时才到了家。

这时，火车失事的消息已经传到了村子里，电报上说没有出现死亡。

我简直无法形容祖母见到祖父满身灰尘、疲惫不堪地迈进门槛时的面部表情。他微笑着走进来，仿佛是在说：出了这么大的事，我也没有耽误回来吃饭。见男人没有受伤，她松了一口气。然后态度马上就变了，最后干脆发起火来。

祖父放过了唯一可以发财的一次机会。

祖母大发雷霆。还没等祖父明白是怎么回事，就被扒掉裤子按到床上，也不容他反抗。祖母又在他的前额蒙上一条湿毛巾，母亲去找家中唯有的一种药——蓖麻油。

祖父吓得又哭又叫，用毯子死死地蒙住头。但母亲捏住他的鼻子，硬把药灌进嘴去。真有点可怜，他真正需要的是吃饭，但又无法阻止妻子和女儿的行动。

灌足了蓖麻油以后，一个孩子被派去找医生。医生来后，给祖父做了彻底的检查，正当他刚要开口祝贺祖父没有什么毛病的时候，我母亲上来插嘴了。

她挺着胸脯，双手叉着腰站在医生面前，口气十分肯定地说，祖父得了严重的脑震荡。家里人非要这么说，医生也没办法。

医生无可奈何地瞥了她一眼。他以前同她打过交道，知道她的厉害，于是只好违心地按照她的意思签字离开了。

然后便开始了等待的时刻，两个女人想尽办法不让祖父起来，天天嘱咐他，当铁路上的人来时该说些什么，不该说些什么，祖父总是点头称是，并答应同她们配合。

可是谁有什么办法让一个好好的大活人老躺着不起来呢？她们一不在，他就偷偷地爬起来，她们实在无计可施的时候，就把他的裤子藏起来。这时他就设法给我们哪个孩子一点小恩小惠，然后把裤子给他找回来。总之，他千方百计要下床。

有一天，当他没在床上躺着的时候，外面传来一阵吵嚷声，我们透过窗子向外窥视，只见铁路派来的调查人员朝着我们家走来，后面还跟着一大群想探听消息的村民。

她们急忙把祖父按在床上，把裤子、鞋等东西也都送了回来，被子一直拉到他的下颏底下，蓖麻油瓶放在床边显眼的地方，然后出去把前来调查的人迎进来。

祖父显然早把平时嘱咐的话忘到九霄云外了，对贵宾他笑脸相迎，极尽恭维之能事，他和他们谈天说地，口若悬河。最后当铁路医生插空问他伤了什么地方的时候，我母亲拼命地指着自己的脑袋给他提示。

“啊！”祖父笑眯眯地说，“我真的一点毛病没有，你们就是给我十万盾，不也是白费吗？”

母亲当即昏厥过去，祖母发疯似的尖叫着从屋里跑出去，前来调查的人个个都乐得前仰后合的。

等他们都笑够了之后，可怜的母亲也苏醒过来了。铁路判给了祖父五千盾，使他一举成为村里最富有的人。

但是，直到祖父死那天，他都没能弄明白他们为什么给了他那么一笔钱。

现场做戏

［日本］川端康成

M百货商场的地下十二层里正在举办商品展销。采购完的顾客们手里拎着鼓鼓的袋子在高速电梯前排着长长的队伍。这部电梯三秒钟就能到达地面上。不一会儿，电梯下来了。电梯门刚一敞开，排好的队伍就乱了套，顾客们一拥而入地跨进了电梯里。

转眼间电梯就满员了。在电梯刚要关门时，又有两位客人几乎是同时跨进电梯里。与此同时电梯里的信号器响了。接着扬声器说话了：

“超重了。实在对不起，最后进来的那位顾客请您出去吧。电梯一会儿就返回来了。”信号器仍在鸣响，可最后进来的两位顾客谁都不想出去。

这两位顾客，一个是穿着华丽的胖胖的中年女性，一个是着牛仔装的十七八岁的女孩。

“如果你们俩谁都不肯出去，这电梯就不能动。”开电梯的小姐在一边嘟哝着。

中年女性觉察到拥挤在一起的顾客们的冷冰冰的目光在投向自己，于是她开口道：“我在这里的四楼上买了个价值十万日元的钻石戒指，我有权利乘这电梯。要我给你们看看收据吗？再说，是我比这女孩先进来一步的。”说完，她气冲冲地扭过脸去。尽管铜臭味似乎令人厌恶，可中年女性的话也不无道理。于是顾客们的视线转向了那女孩。“我不像这位女士那么有钱，我只买了一本价值五百日元的笔记本。可这五百日元是我打工洗了一周盘子积攒下的。对我来说这五百日元不是个小数目。这位女士的确是在我之后挤进来的。”女孩小声说道。

“哎哟……受不了。仅仅超重一公斤呀，能不能……”扬声器仍在唠叨着。

开电梯的小姐愁得不知如何是好。一会儿，小姐像忽然想出什么好办法似的，一拍手说道：“这样吧。这个百货商场的二十六层里有个医药品专柜，从下个月起那里开始试销‘立竿见影减肥灵’药品。我口袋里正好有一瓶。请你们两位每人吃一片试试看。据说吃了马上就见效。”

两位女性半信半疑地将小姐递过来的药吃了下去。于是乎电梯里所有的顾客都在目不转睛地看着她俩。三秒钟过后，信号器不响了。“实在对不起，让各位久等了。超重问题解决了。要关门啦，请各位留神。”开电梯小姐那明快的话语回荡在电梯里。

大约过了三十分钟，在一家小咖啡馆里，方才那两位女性坐在同一张小桌前正喝着冰镇咖啡。那女孩朝着正在吸烟的中年女性说道：“妈妈，时间不多了，我们该去H百货市场了。今天还有三家百货市场等着我们去做‘立竿见影减肥灵’的现场广告宣传呢。”

走钢丝

［日本］星新一

“我长得一点都不漂亮，这我清楚得很，你不用来瞎捧我。”住在这个房间里的女人说。她已超过结婚的适当年龄，而且长得也确实平常。

“不，你很美，美极了。这是从你心里透出来的真正的美。我恨不得马上跟你订婚。”

青年还是一个劲地赞美着，从刚才开始，他已经努力了好一阵子。他一无遗产，二无职业，但有副动人的外表，他就利用他美男子的天赋条件到处骗婚诈钱。他盯上了这个女人的巨额存款，好容易到了这个地步。

“您这样认为？”

女人的口气软了下来。青年心里暗暗高兴。有门！要加一把劲，又有一笔好久不见的大钱到手了。

这时，门外有人叫门了：

“开门。我是警察局的……”

青年一听是警察，大惊失色。难道是过去干下的那些事情败露了？见鬼！我这里眼看就要大功告成了。不过，要是在这里被抓住，那就什么都完了。他慌忙从窗口跳了出去。

这间房间在二楼，落地时他把脚脖子扭伤了。

警察走过来扶起蹲在地上直哼哼的青年说："还好，没什么大伤，你的运气不坏。我们是来逮捕那个女人的。她一贯用巧妙的手段哄骗男人，跟他们订婚，劝他们加入人寿保险，然后伪装成事故将他们杀死。她干的次数实在太多了，钱也积了不少……"

特　技

［日本］星新一

电视台的新闻广播员，某日，一如往常，刚要播放稿件，竟违背自己的意志，信口开河起来。

"下面报告新闻。发现了一起行贿受贿案件。据报，K 企业定期向主管机关的高级官员重金行贿……"

播后，电台内部掀起了轩然大波。有人问他：

"你为什么讲了原稿上根本不存在的事儿?"

"我也不知道，是无意之中说出口的。是脑袋出了毛病吧?"

"脑袋出毛病? 真丢人，人家会抗议的。胡诌下去，我们电台就会威信扫地。"

电台里的人都吓得面色如土。广播员也静等着革职。然而，奇怪的是压根没有人打来电话表示抗议。

不仅如此，电台还得到情报说，电台点名的那几位高级官员已经引咎辞职。还听说，对此报道半信半疑的警方，在 K 企业进行搜查，很快就发现了行贿的证据，立即逮捕了嫌疑者。

电视台里的气氛一下子变了，肯定播音员第一个报道了爆炸性新闻，赞许的呼声代替了责难。

"真是惊心动魄！你说的全是事实，你是怎么知道的?"

“我也不大清楚。只是这个念头在脑子里一闪，就变成话语脱口而出了。”

“说不定这是特技哪。你具有发现暗地违法的能力。今后可要大力发挥你的才能哟，我们电视台的观众，会一下子增多的。”

“噢，但不知能否一帆风顺。”

第二天的新闻节目时间里，这位广播员又胡诌起来：

“播送去年偷税者前十名名单。第一名……”

随后，不仅播放了偷税的金额，还详细地报道了他们偷税的手段。这次又给他说中了。

税务署的人员立刻出动，不费吹灰之力就获取了证据。于是，这个新闻节目大受欢迎，听众和观众不断打来电话，一个劲儿地打气。

“了不起，是大众的战友！用你的特技，毫不留情地把那些坏家伙揪出来，让我们大家心里痛快痛快！”

这位播音员便住在电视台，每天三次上电视，每一次他都报道一条爆炸性新闻，声望越来越高。

但是，接连几天，他的身体便支持不住了，每周都想方设法地请假。他打算回家。可是就在他回家的一路上，不管是谁，一见了他便逃之夭夭。

有的也许骗取了公司的差旅费，是违章乘车的人；装病不上班、学生时代考试作过弊的、骗过女人的等等，全都有点什么把柄。他们不愿接近这位电视台里最有威信的播音员，也许害怕自己的弊端也被宣扬出去，那就吃不消。因此，尽作鸟兽散了。

他心神不快，总算回到了家。但是，妻子不见了。据说前几天就逃之夭夭。特技即使对她，也毫不例外。

时间外劳动

［日本］阿刀田高

佐藤看枕边的钟，“糟了!”已经四点十几分了。

怎么会睡过头呢，早上五点集合，开车到服务单位需四十分钟，他负有重大任务，却起床晚了，简直不可饶恕。

佐藤踢开棉被跳起来，穿上新内衣和制服，把电刮须刀塞入口袋，从车库开出车子，一只手握着方向盘，一只手刮胡子。四点二十分。加快速度，也许勉强能够赶得上。

昨晚他一直睡不着，朦朦胧胧睡了，却做了奇怪的梦，梦见院子角落的一棵大树，枝子垂挂着绿色的树木果实，他走近去看，一颗一颗都是人头，没有瞳孔，白眼很可怕，他惊骇地醒过来便睡不着了。他听见钟响了：三点，那时索性起来就好了，不觉又迷迷糊糊睡了，以致睡过头。

车子进入隧道，佐藤把速度提高为八十公里。空中笼罩着雨云，天尚未亮，细雨和雾遮住视野，能见度极低。

速度计的确指着八十公里上下，但车的行驶却不快，每当要赶时间，偏偏就会碰到红灯。

今天无论如何不能迟到，佐藤更加提高了车速。

还有四分钟就五点了，他终于看见路前面显出长长的灰色围墙。赶得好，说不定就刚好赶得及了。

他不减低速度，已连闯了两个红灯，顺便要忽视另一个红灯时，突然从围墙角跑出了一个黑影。“不好!”佐藤把方向盘转左边，紧急踩刹车，但迟了。

黑人影从车子正面呈“二”字形撞上，立刻弹到车盖上，摔落路面。佐藤从车上跳下来。

那男人好像喝侧沟的水一般伸出脖子倒着，脖子摇摇晃晃，佐藤伸手摸他，已经没有气息。为什么突然跑出来呢？佐藤以为路上没有人呀……

佐藤茫然伫立着，这时周围已聚集了一些看见发生车祸而凑近的人和车，警察也来了。

“你闯红灯吧！”

“因为他突然跑出来……”

警察把尸体翻过来。

“啊！”佐藤看了叫出声，死者的脸很熟。

“你认识他吗？”

“他在监狱服刑，一定是逃狱。”

佐藤明白了，为什么他突然出现，为什么闯红灯时没有看到人影，那家伙显然是一边避开别人的眼目，一边注意着后面逃奔着。佐藤声音颤抖地问道：

“我……会有罪吗？”

“尽管他是逃狱犯，撞死人就有罪。”

“可是，他是杀人犯，杀了八个无辜的人。”

警察锐利的目光谴责似的依然坚持其看法，摇头说：“不管他是怎样罪大恶极的人，你的罪并不改变。”

“但是，但是……”佐藤狼狈地叫着，宛若在雪地上跑步滑溜难行，“他是死刑囚。”

“尽管如此，你的罪一样。车速相当快。你的姓名、职业？”警察注视着轮胎的痕迹一边握紧佐藤的手腕。

“多么荒谬！我的确开快车，因为我必须赶时间。此人预定今天早上受死刑，我是执行人。”

讣告栏

[日本] 神田升著

——噫!

病床上，沙沙地翻弄着报纸的国男一下子惊呆了。他屏息注目第三版消息报道的一角。

“22日上午4时许，在K市的国道上，K市公司职员冈田启介（52岁）驾驶的轿车与大型卡车正面相撞。冈田脸部、头部等遭受强烈撞击，重伤……”

——K市的冈田启介……是这小子?

一种无法形容的兴奋涌上国男的心头。

“你，怎么啦？脸色这么难看。”

妻子明美担心地问道。

“没，没什么。”

国男合上报纸，扭转身子把背朝着妻子。

——是吗？那小子受了重伤……

这天夜里，国男彻夜未眠。

山本国男因患肝病住进Y镇的医院已经一个月了。

不知是由于中层管理职务过于繁忙的工作，还是因饮酒过度而病倒的。刚入院时，即使躺在床上也想着工作，总是焦躁不安。最近总算是知道急也白搭，只好安心养病。

为打发无聊的时光，每天看看电视，把报纸的旮旯儿看个遍。要是平时也许会漏掉小小的交通事故报道。

报道中出现的高中时的同班同学冈田启介的名字，勾起了国男的憎恶之情。

国男和启介曾经是同一个橄榄球队的队员，关系密切的好朋友。可是，两人同时爱上了比他们低一届、后来当上酒店经理的同学——敏子。大学毕业后，三人还继续保持着这种特殊的关系。

国男下决心向敏子求婚遭到了拒绝。因为敏子认为国男感情波动激烈，自己缺乏跟他过一辈子的信心。

不久，敏子跟启介结了婚。

国男认为敏子之所以选中启介而不是自己，是因为自己只不过是中小企业的工薪族，而启介是继承了大笔家产的资本家。国男因此而憎恨敏子。由于失意至极，国男跳出K市，移居同一县内的Y镇。从那时起，他再也没有参加过高中同学的聚会，疏远了过去的伙伴。

几年后，国男跟同一单位的事务员明美结了婚。

二十多年过去了，国男还是不能忘记对敏子的爱情，有时甚至因爱而恨不得杀掉敏子和启介。

一般说来，在交通事故中身受重伤，大体一周左右便会死掉……几乎是无法挽救的了。

国男的脑海里不断地浮现出病床上神志不清的启介，以及在他身旁哭得死去活来的敏子。

——活该！要老子，遭报应。怎么还没有消息呢？急煞人也……为何不向原先球队的老朋友打听一下启介的消息呢……慢着，多年音信不通，事到如今，不可造次。弄不好会被人耻笑，说我还在依恋敏子。哦，报纸来啦。

国男急忙打开报纸，搜寻着“讣告栏”里登载的县内的死者名单。

K市栏内没有启介的名字。

此后，每天早上，国男一打开报纸就感到热血往外涌。

十天过去了，仍然不见登载启介的名字。会不会登在别的报上？国男的焦躁越来越厉害。

国男让明美找来昨天以前的报纸，拼命地翻阅。

对于国男的如此执著，妻子明美感到很奇怪。

“你还在爱着敏子，我知道。憎恨别人会给自己带来灾难。把她忘了吧！你不是还有我吗？最重要的是：你是病人，要保重啊！”

眼看着国男一天天地衰弱。

早晨的阳光透过窗帘照进冈田的病室。床头柜上，月季散发着清香。

“哎，你来看这个讣告栏。”

“你干什么呀，上面有你的熟人吗?”

讣告栏内写着“Y 镇，山本国男，因病死于医院，享年 52 岁。死者之妻：山本明美”。

坟墓掩盖了医生的罪过

［土耳其］阿·涅辛

我们来到一所市立医院的门口。门前挤满了病人。被叫到就诊号的病人进入诊室。

一个中年妇女，后面跟着一个手拿转诊单的青年，他们进了诊室，把就诊单交给了医生。医生诊断他们都得到 X 光室拍片。臼齿齿龈化脓的妇女先拍，患肺病的青年后拍。那妇女把就诊单交给医生就走了。

患肺病的小伙子拿了 X 光片在专科医生的门口候诊。现在挨到他了。医生仔细地研究了他的 X 光片后说：

“你臼齿齿龈化脓，必须立即动手术。”

小伙子看着医生，大惑不解。

医生解释说：

“就是说，你下腭左方有炎症，必须马上动手术。”

小伙子惊惶不已地说：

“可是我患的是肺结核啊……”

“可……不，不，绝对不是！你瞧，这是你的片子。快去手术室吧！”

小伙子拿着片子走进手术室。

中年妇女的脸肿得像一面鼓，下腭用毛巾、纱布缠着。她坐在专科医生对面。医生看过她的片子后说：

“太太，你需要到疗养院去。”

那妇女由于牙痛，说起话来声音颤抖：

“不，大夫！”

“没有别的办法，只有让你的肺多吸些新鲜空气，同时实行链霉素疗法。”

患肺病的小伙子被拔了三颗臼齿，腭骨也骨折了。现在他在另一个医生的对面。医生看了看小伙子新拍的X光片，说：

“你得了慢性关节炎。”

“大夫，我的肺……”

“不……你别捉弄自己了。如果你不吃我给开的药，将有可能变成心脏扩大症。”

由于医院的清规戒律，那中年妇女又拿了别人的X光片，来到这所医院的另一位医生那儿。她的脸肿得十分厉害，连一只眼睛都睁不开了。医生研究了她的片子说：

“太太，你必须马上做外科手术。”

“不，大夫，我的脸，脸（女人哭喊着），我的脸！

“你失血过多！”

原来医生说她得了阑尾炎。她惨叫着，哭喊着，终于躺到了手术台上。

小伙子下巴缠着绷带。由于服了治关节炎的药，产生了恶性反应，肺病进入了第三期，出现了咯血。现在，他坐在同一所医院的另一个医生面前。

这次他拿着小便和血的化验单，而医生七搞八搞把他的化验报告和别人的搞混了。医生看了化验报告，吃惊地说：

“你怎么还能站着，真使我太惊奇了！”

患肺病的青年由于进行了腭骨手术而变得呆头呆脑，由于服用了治关节炎的药而面色苍白。他说：

“我也感到奇怪！”

“你的膀胱——就是尿泡和肾脏充满了结石，得马上手术。”

“啊?！……”

“别乱叫，所有的病人都是这样，对自己的生命毫不考虑。”年轻人瘸着腿，呻吟着走向手术室。中年妇女做了阑尾手术，脸仍然肿着。因为肺里强打了空气，呼吸十分困难。她又拿着别人的X光片，坐在医生对面。医生说：

“赶紧用理疗。”

妇女垂着头说：

“用吧，大夫……”

“你的腿不做手术的话，性命可难保了。”

女人呻吟着躺上了手术台。

我们来到医院的医务委员会门口。经过治疗的许多病人：聋子、瞎子、瘸子、瘸子等等残废人都在候诊。我们看到那个患肺病的小伙子已断了气，躺在担架上，两个护士把他抬到了里间。穿着白衣的医生围着一张铺了绿色线绒的桌子看关于这个青年的病历报告：

“病人原先做过子宫手术，以致不孕。现经再次手术，已生了个孩子。由于医疗条件有限，婴儿都已……特报。”

躺在担架上的小伙子被抬到外面。他被医学上证实业已死亡，他的尸体被批准给实习生们用来作解剖实验。

面无人色的中年妇女一条腿已被截去，她拄着拐杖来到医务委员会。一个医生念着病历报告：

“经设备完善的本院诊断，证实该病人健康完全正常，只是为了逃避兵役而乔装病人。特报。”

由于只有一条腿而站不住的中年妇女跌倒在地上了。

某国故事一则

［土耳其］阿·涅辛

一天早晨，便衣警察队长对他的部下苏铁说：“苏铁，我交给你一件非常重要的任务，要知道这将是您的警察生涯中最光荣的一件差事。不过，当然还得看你是否胜任。”

苏铁两眼紧盯着自己的张着嘴的皮鞋尖，不好意思地问：“队长先生，给奖金吗？”“只要干得出色，你将会得到三千元奖金。现在竖起你的耳朵好好听着！”警察队长滔滔不绝地交代任务，但此时苏铁却什么也没听进去，他的思想全在那三千元奖金上了：看起来三千元是一笔不小的数目，但如今物价飞涨，市场上的东西昂贵，这点钱就显得太可怜了。

队长说：“你不是在美国情报专家杰克·帕维尔的训练班里受过训吗？”苏铁还在想着那三千元，一时没有听清队长的问话，他说：

“啊？”

队长重复道：

“美国情报专家……”

“啊，是的，是的……我在他的训练班里曾名列前茅。”

“所以我相信你能胜任。苏铁，你仔细听着，你要巧妙地把自己化装成乞丐，到普孔路一幢粉红色的大楼对面的拐角处行乞，明白了吗？你要从早到晚守在那儿……”

“明白了，队长。化装成乞丐对我来说一点也不困难。”

“你要注意观察都是些什么人进出那幢大楼。我每天晚上都等你的报告。”

“遵命，队长。”

苏铁化装得十分出色，凡从他前面经过的人都以为他生来就是一个要饭的乞丐。一句话，找遍整个国家恐怕也找不到比他更像要饭的了。

苏铁行乞的第一天上午，队长装作行人从他前面走过时，朝他扔了五元钱，并悄声地说：

“祝贺你，苏铁，倘若不是我亲自交给你这项任务，连我都要把你当成真正的乞丐了。”

苏铁忙着把扔给他的零钱塞进口袋，根本顾不上执行上级交给的使命。真想不到在这贫穷的国家里竟然有那么多善良的、富有同情心的人！那天他盘腿坐在街角，面前铺着一块手帕。不一会儿，手帕上就扔满了钱。苏铁对此大为惊奇，心想：他当警察辛辛苦苦为主子卖命，一个月所挣的钱，坐在这儿伸手要上三天饭就可得到。

第二个星期的一天上午，他猛然听到了一个刺耳的声音：

“苏铁，你至今还没交过一份报告！”

乞丐恐惧地朝队长抬起了头：

“向安拉起誓……我保证明晚把报告给您送去……仁慈的先生们，可怜可怜穷人吧……队长，报告我会给您送去的……老爷太太做做好事，可怜可怜我这孤苦伶仃的不幸的穷人吧……”

队长听了这些使来往行人听来莫名其妙的话以后说：

“我等着你的报告!”

苏铁当乞丐已经有一个来月了，一开始，他怎么也没想到会要到这么多的钱。另外，这活儿有个方便之处，那就是自由自在不受人管束，他想干就干，不想干就歇着。苏铁当机立断，一天清晨，来到队长面前。队长问道：

“苏铁，你干了这么长时间连一份报告都没交过，这回总该得出什么结论了吧?”

“是的。”苏铁说，“队长请看，这是我的报告。”

看了苏铁递上的纸片，队长那蜡黄的脸一下子变白了。原来，苏铁递给他的是一张辞职申请书。

“你疯了吗?”队长说，“你不想干到退休了吗? 难道你辛苦了这么些年就算白干了?”

“就算白干了吧!”

“像你这样有经验的……”

“没什么可惜的，白干就白干了吧!”

队长把手搁在苏铁的肩上，他以多年警察生涯所赋予他的具有敏锐洞察力的双眼，紧紧地盯住苏铁的眼睛，试图探测他心中的奥秘：

“苏铁，你瞒不了我，这里面有文章……”他说。

苏铁迟疑地打量了一下队长，然后从口袋里掏出一个小本子，把当乞丐期间每天讨来的钱数念给队长听，他说：

“我是托了您的福才得到这些钱的，所以把事情的真相告诉您，对别人我是不会说的，请您千万不要把这个秘密泄露给其他同事。”

队长高兴地望着苏铁说：

“苏铁啊，你也要当心，绝对不要走漏风声，这个秘密咱俩知道就行了，我也想在繁华的大街上选一个恰当的地方，开始干这个行当。”